徳間文庫

極楽安兵衛剣酔記
蝶々の玄次

鳥羽亮

徳間書店

目次

第一章　むかしの女

一

蝶々、とまれ、蝶々、とまれ……。

玄次《げんじ》は剽《ひょう》げた動きで両手に持った玩具の蝶々をひらひらと上下させながら、声を上げて子供を集めていた。玄次は玩具の蝶々売りである。八ツ折の編笠をかぶり、玩具の蝶を入れた木箱を首にかけていた。

二匹の蝶は玄次の声に合わせて、飛びまわったり篠竹の先にとまったりしている。玄次のまわりには何人かの子供が集まり、飛びまわっている蝶を目を剝《む》いて見すえている。

蝶の玩具は、細く削った籤《ひご》の先に紙で作ったちいさな蝶を取り付けたものである。その籤は、筆軸のような篠竹のなかに通してあり、籤を引くと蝶が篠竹の先にとまったように見え、鬚を伸ばすと蝶が篠竹から飛び立って、ひらひらと飛びまわっているように見えるのだ。

玄次は浅草寺の仁王門をくぐった先にある手水舎《ちょうずや》の脇にいた。そこが、玄次の商売の場所であった。

ふだんは参詣客でごった返している浅草寺の境内も、今日の人出はまばらだった。曇天の上に、七ツ半（午後五時）ちかくなり、辺りが夕方のように薄暗かったからであろう。子供たちの集まりも悪かった。いつもなら、玄次のまわりを取りかこむように群がってくるのだが、数人しか集まらなかった。

それでも、五、六歳と思われる芥子坊主《けしぼうず》の男児が、母親に蝶をねだりながら手を引っ張って玄次に近付き、

「おっちゃん、蝶々をおくれ」

と、声を上げた。

「へい、十文でございます」

玄次は満面に笑みを浮かべ、子供の手に蝶の玩具を握らせてやった。

「しょうがないねえ」

小店のおかみさんと思われる母親は、帯に挟んだ紙入れから十文取り出して玄次に手渡した。

玄次が母親から銭を受け取ろうとしたとき、母親の後ろを足早に通り過ぎていく女が目に入った。瘦《や》せて、肉を抉《えぐ》り取ったように頰《ほお》がこけている。髷《まげ》がすこしくずれ、憔悴《しょうすい》したような顔をしていた。

……あの女、お島《しま》じゃァねえか。

玄次は、その思いつめたような女の横顔に見覚えがあった。

五年ほど前、玄次がかかわった事件で知り合った女である。権吉《ごんきち》という地まわりに食い物になっていたのを助けたのだ。

当時、玄次は腕利きの岡っ引きで、浅草、下谷界隈《かいわい》を縄張りにしていた。そのころ、権吉はお島の情夫《いろ》だったが、お島に肌を売らせて金を巻き上げていた紐《ひも》でもあった。

ある日、権吉は浅草元鳥越町《もとどりこえまち》の瀬戸物屋の主人に因縁をつけ、奉公人に怪我を負わせたあげく三十両の金を脅し取るという悪事を働いた。

この事件を探索した玄次は、お島のことを哀れに思い、権吉をお縄にする前にお島と別れさせたのだ。

その後、玄次は別の事件で追っていた盗人のひとりを殺《あや》めたため、北町奉行所の定廻《じようまわ》り同心の倉持信次郎《くらもちしんじろう》に手札を返し、蝶々売りとして暮らしをたててきたのである。

……ただごとじゃァねえ。

お島は思いつめたような顔をして歩いていた。何かに憑《つ》かれたような目をして、本堂の裏手の護摩堂の方へ歩いていく。

玄次は自分のまわりにたかっていた子供がいなくなったこともあり、すこし間を置いてお島の跡を尾《つ》けた。

お島は人影のない護摩堂の前の松の樹陰に立つと、だれかを探すように周囲に視線をまわした。

そのとき、玄次の姿も目に入ったはずだが、気付かなかったらしく、すぐに視線を移してしまった。

お島は落ち着かない様子でその場に立っていた。そこで、だれかを待つつもりらしい。

玄次は本堂の脇へ身を寄せて、お島へ目をやっていた。

お島の相手はなかなかあらわれなかった。お島は困惑したように眉宇《びう》を寄せ、ときどき苛立《いらだ》ったように足踏みした。その都度、下駄の砂利を嚙《か》む音が玄次の耳にまでとどいた。

すでに、暮れ六ツ（午後六時）の鐘も鳴り、辺りは淡い夕闇《やみ》につつまれていた。護摩堂の周辺には、お島の他に人影はなかった。

そのとき、玄次の背後で足音が聞こえた。雪駄の音である。玄次は慌てて首にかけた玩具入れのなかの蝶を覗《のぞ》き込み、売り物の蝶を数えるふりをして本堂の前へ歩きだした。

途中、男と擦れ違った。三十がらみ、浅黒い肌をした眉の太い男だった。小太りで猪首《いくび》、弁慶格子の単衣《ひとえ》を着流していた。遊び人か、地まわりか。一目で真っ当な男でないことは知れる。

男は擦れ違った玄次に不審を抱かなかったらしく、振り返りもせずに護摩堂の前に立っているお島に近付いていった。

玄次は本堂の前まで行ったが、すぐ引き返してさっきの場所からお島に目をやった。

男は肩を左右に振り、雪駄をちゃらちゃら鳴らしながらお島に近付いて行く。

お島は男を見ると、樹陰から二、三歩近付いてきた。どうやら、お島はこの男を待っていたようである。

ただ、お島の顔に笑みはなかった。眉宇を寄せ、困惑したように視線を揺らしている。逢引の相手を待っていたような雰囲気ではなかった。

……お島、待たせちまったな。

そう言って、男はニヤニヤしながらお島に歩を寄せた。

お島は黙ったまま肩をすぼめている。

男はお島に身を寄せると、耳元で何やら話しかけた。お島もときどき男の問いに答えているようだったが、ふたりとも声がちいさくて、何を話したのか玄次には聞き取れなかった。

……それだけかい。

急に男の声が大きくなった。怒ったようなひびきがある。

お島は怯《おび》えたように男から一歩身を引き、慌てて首を縦に振った。咄嗟《とっさ》に、男のげんこつから逃れようとしたような動きだった。

……しょうがねえ、今日のところは我慢しとくが、次はもっといい話を頼むぜ。

そう言うと、男はきびすを返して本堂の方へ歩きだした。その男から五、六間離れて、お島も跟《つ》いてきた。肩を落とし、消沈したような姿である。

玄次は急いでその場を離れ、いつも蝶々売りをしている手水舎のそばにもどった。参道にはちらほら人影があり、物売りの姿も見られた。玄次がそこにいても人目を引くようなことはなかった。

男は手水舎の脇に立っている玄次には目もくれず、雷門の方へ歩いて行く。お島も肩を落としたまま、玄次の前を通り過ぎていった。

玄次は遠ざかって行くお島の後ろ姿を見送りながら、

……また、あんな男の情婦《いろ》になってるのかい。

と思い、ひどくがっかりした。

玄次がお島と知り合った当時、お島は貧乏長屋で老いた母親とふたりで暮らしていた。

お島によると、子供のころは父親が下駄屋の主人で、奉公人を三人も使っていたという。ところが、父親が下駄の仕入れのために高利貸しから金を借りたのがきっかけで借金がふくらみ、店を手放さなければならなくなった。

やむなく、お島は両親とともに長屋へ越してきた。当初、父親は下駄の行商をして何とか暮らしをたてていたが、慣れない行商で無理がたたったのか、長屋に越してきて三年ほどすると風邪をこじらせて死んでしまった。

母親も病気がちだったので、お島が近所の小料理や飲み屋などの手伝いをして何とか暮らしていた。そんなおり、小料理屋の客だった権吉に甘い言葉で誘われ、体を奪われてから肌を売ることを強要され、ずるずると闇の世界の深みに嵌《は》まっていったのである。

そうした事情を知った玄次は、権吉と手を切らせた後、何とか母娘《おやこ》の暮らしが立つようにしてやろうと思い、浅草田原町《たわらまち》にある知り合いのそば屋にお島のことを頼んで勤めさせたのである。

それが、四年ほど前のことだった。その後、玄次は二度そば屋に行って、お島の様子を訊《き》いたが、店の主人から元気に働いていると聞き、安心していたのである。

それから半年ほどして、玄次は匕首《あいくち》を持った盗人を捕らえようとして揉《も》み合っているうちに匕首で刺し殺してしまい、倉持に手札を返すことになったのだ。

その後、玄次はお島に会っていなかった。岡っ引きをやめたこともあったが、お島は立ち直ったと思い、安心していたのである。

そのお島の寂しげな後ろ姿が雷門をくぐり、華やかな浅草の繁華街のなかに消えていった。

……女は一度やくざな連中とかかわりができると、なかなか抜けられねえからな。

玄次はつぶやき、雷門の方へ歩きだした。お島の寂しげな後ろ姿を見たせいか、玄次の胸の内は重かった。

二

長屋の腰高障子が、初秋の朝日に白くかがやいていた。玄次は大きく伸びをして、夜具から身を起こした。六ツ半（午前七時）ごろであろうか。すこし寝過ごしたようだ。もっとも、玄次は独り暮らしなので、朝寝坊しても文句を言う者はいない。

玄次の住む長屋は浅草三好町《みよしちょう》にあった。大川の御厩河岸《おうまやがし》と呼ばれる渡し場のちかくにある徳兵衛店《とくべえだな》である。

「さて、朝めしを食って、商売に出かけるか」

玄次はひとりごち、流し場で顔を洗った。

朝めしは、昨日夕餉《ゆうげ》のために焚《た》いた残りのめしである。玄次は釜に残っていためしを握りめしにし、水を飲みながら頬張った。めしは冷たかったが、腹がへっていたので、うまかった。

朝めしを終えると、玄次はいつものように蝶の玩具の入った木箱を首にかけ、八ツ折の編笠をかぶって長屋を出た。

玄次は長屋の路地木戸から大川端へ出て、浅草寺へむかって歩いた。通り慣れた道筋である。

風のない晴天だった。大川の川面が初秋の陽を反射《はね》て、黄金色の砂を撒《ま》いたようにかがやいていた。その眩《まぶ》しいひかりのなかを猪牙舟《ちょき》や荷を積んだ高瀬舟などが、ゆったりと行き来している。

黒船町《くろふねちょう》を通り抜けて諏訪町《すわちょう》へ入ったとき、前方の大川端に人だかりがしているのが見えた。川岸の土手のそばに人垣ができている。そこで、何かあったらしい。

近付くと人垣のなかに、伝蔵《でんぞう》と手先の三五郎《さんごろう》の姿があった。伝蔵は浅草を縄張りにしている岡っ引きである。

伝蔵はあまり評判のよくない男で、縄張内の住人には嫌われていた。強欲で残忍。お上の御用も袖の下次第で手加減したり、必要以上に痛めつけたりするのだ。

玄次は伝蔵の目を逃れるようにして、人垣の後ろについた。顔を合わせれば、嫌味の一つも言われることが分っていたからである。

人垣の肩越しに覗き込むと、川岸の叢《くさむら》のなかに男がひとりつっ伏していた。後ろから刀か匕首かで、刺されたようだ。

どうやら殺されているらしい。格子縞の単衣の背中が、どす黒い血に染まっていた。

顔は見えなかったが、町人らしい。単衣の裾が捲《まく》れ上がり、両足が太股のあたりから露《あらわ》になっていた。日焼けしてない色白の足である。家のなかの仕事にたずさわっている男であろう。

玄次が、周囲の野次馬たちの話に耳をかたむけていると、殺されている男の名が知れた。この先の駒形町《こまがたちょう》にある老舗《しにせ》の料理屋、与野屋《よのや》の包丁人の万次郎《まんじろう》とのことだった。玄次は与野屋は知っていたが、万次郎のことは知らなかった。

駒形町は、『名物どぜう』と記した看板を出している店がいくつかあったが、そのなかでも与野屋は泥鰌《どじょう》を使った柳川鍋《やながわなべ》で知られた老舗であった。

ふと、玄次は向かい側の人垣の後ろに、見覚えのある男がいるのを目にとめた。

……あいつは、お島と会っていた男だ。

猪首で眉が濃い。一昨日、浅草寺の護摩堂の前でお島と会っていた男である。

男は人垣の後ろから、横たわっている万次郎に目をむけていたが、耳を立てて野次馬たちの話を聞いているように見えた。

そのとき野次馬のなかから、八丁堀の旦那だ、北の御番所《ごばんしょ》（北町奉行所）の倉持《くらもち》さまだ、という声が起こり、人垣が左右に割れた。

姿を見せたのは、北町奉行所定廻り同心の倉持信次郎《しんじろう》である。三十がらみ、定廻り同心のなかでは、やり手で通っている男である。

倉持は俯《うつぶ》せになっている万次郎に目をやってから、あらためて集まっている野次馬たちを見まわした。そのとき、玄次と目が合い、おめえもいたのかい、といった顔をして、口元にうす笑いを浮かべたが、何も言わずに、すぐ視線を移してしまった。

そこへ、伝蔵が揉み手をしながら倉持に近付き、殺害されているのが万次郎であることや死体が発見された経緯などをくどくどと話しだした。

倉持は仏頂面をして伝蔵の話を聞いていたが、話が済むと、

「ここにつっ立っていても、しょうがねえ。近所をまわって、昨夜、下手人らしいやつを見かけなかったか、聞き込んでこい」

と、他の岡っ引きにも聞こえる声で指示した。

倉持の声で、伝蔵をはじめその場に集まっていた岡っ引きたちが、人垣を分けて散っていった。

岡っ引きたちが散るのといっしょに、野次馬たちもその場を離れる者が多かった。いつまでも、死体の背中を眺めていても仕方がないのである。

……あいつ、まだ、いるぜ。

猪首の男は、船頭らしい男が立っている後に身を隠すようにして、検屍を始めた倉持に視線をそそいでいた。底びかりのするような目をしている。あらためて見ると、男は闇の世界で生きてきた者の持つ陰湿で残忍な雰囲気をただよわせていた。

……ただの鼠じゃァねえようだ。

と、玄次は思った。長年、岡っ引きとして生きてきた勘である。

男はいっとき倉持に目をむけていたが、前にいた船頭らしい男が引き上げると、自分もきびすを返してその場から離れ、駒形町の方へ歩きだした。

玄次もその場から離れようとすると、

「待ちな、玄次」

と、倉持が声をかけて、近付いてきた。

「おめえ、この事件《やま》とかかわってるのかい」

倉持が玄次に身を寄せ、小声で訊いた。

「いいえ、まったく……。浅草寺へ商いに行く途中、足をとめただけでして」

そう言って、玄次は倉持にちいさく頭を下げた。

玄次は蝶々売りを生業《なりわい》にしていたが、まるっきり町方の仕事から手を引いたわけではなかった。ときおり、倉持から依頼されて事件の情報を提供したり探索をしたりしていた。むろん、ただというわけではない。その都度相応の手当をもらっていたのだ。倉持の方も、手先の岡っ引きに決まっただけの手当をやったり飲み食いをさせたりするよりも、安くついたのである。

玄次は町方の仕事だけでなく、頼まれれば金をもらって行き方知れずの者を探し出したり、罪をかぶせられた者の濡《ぬ》れ衣《ぎぬ》を晴らすための探索などもしていた。蝶々売りのかたわら、いわば現代の私立探偵のような仕事にも手を染めていたのである。そのため、蝶々売りの玄次とか、蝶々の玄次とか呼ばれ、その筋では名が知れていたのだ。

「そうかい。何かつかんだら、まず、おれに知らせてくんな」

倉持は探るような目で玄次を見すえて言った。

「真っ先に、旦那に知らせやす」

玄次はそう言い残して、きびすを返した。

このとき、玄次は猪首の男とお島のことが気になっていたが、まだ万次郎殺しを探索するつもりはなかったのだ。

三

「旦那、起きてくださいよ。旦那……」

長岡安兵衛《ながおかやすべえ》は、腰のあたりを揺すられて目を覚ました。昨夜、飲み過ぎて袴《はかま》のまま布団部屋で眠ってしまったらしい。

起こしているのは、お房《ふさ》である。お房は駒形町にある料理屋、笹川《ささがわ》の女将《おかみ》だった。歳は二十五で後家。今年五つになるお満《みつ》という娘の母親だが、身辺には成熟した女の色香がただよっている。

「お房か。昨夜は不覚にも、何もせずに眠ってしまったな」

言いざま、安兵衛はお房の尻に手をまわした。むっちりした尻の膨らみが、何とも色っぽい。

「な、なにを、言ってるんです、お満もいるんですよ」

お房は慌てて安兵衛の手を払った。色白の頬が耳朶《じだ》のあたりまで赤く染まっている。

そう言われれば、伸ばした足の方にもうひとり引っ付いていた。お満である。お満は安兵衛の片足をつかんで持ち上げ、

「とんぼの小父《おじ》ちゃん、起きて！」

お満も、気張って顔を赤く染めている。

安兵衛はとんぼとか極楽とか呼ばれていた。極楽とんぼからきた渾名《あだな》である。安兵衛の飲んだくれで、流れる雲のような気ままな暮らしぶりからきたものらしい。

お満は、大人たちがそう呼んでいるのを聞いて、とんぼの小父ちゃんと呼ぶようになったのだ。

安兵衛は二十八歳。浅黒い肌をした馬面で、鼻が大きく唇が厚い。どう贔屓目《ひいきめ》に見ても、色男とはいいがたいが、何となく憎めない顔をしている。少年を思わせるようなよく動く丸い目をしているせいかもしれない。

安兵衛は笹川の居候だが、お房の情夫《いろ》でもあった。笹川の常連客だった安兵衛は、店に因縁をつけてお房の体を奪おうとした無頼牢人を撃退してやったことが縁で、お房と体の関係ができてしまったのだ。その後、安兵衛は笹川の居候兼用心棒として店に寝泊りするようになったのである。

「さて、起きるか」

安兵衛が立ち上がって伸びをすると、

「下に、又八《またはち》さんが来てますよ」

お房はそう言って、座敷に散らばっている座布団を片付け始めた。

布団部屋と言っても、置いてあるのは客に出す座布団が主で布団はわずかである。安兵衛は面倒なので、座布団を並べて、その上で寝てしまったのだ。

「何の用だ」

又八はぼてふりだが、笹川に料理用の魚介類をとどけていた。お春《はる》という十六になる娘が笹川に女中として通いで勤めていて、又八はそのお春に気があるらしく、何か理由をつけては笹川に入り浸っていたのだ。

「知りませんよ。下に下りて訊いたらどうです」

お房の物言いは、つっけんどんだった。お満がいることもあり、情婦としての甘い顔は見せられないらしい。

「そうだな」

安兵衛が階段を下りて行くと、土間に包丁人の峰造《みねぞう》と又八が立っていた。

又八が安兵衛の顔を見るなり、

「極楽の旦那、てえへんだ！」

どんぐり眼《まなこ》を見開いて言った。又八も、安兵衛のことを極楽とかとんぼとか呼んでいる。

「何があったのだ」

「大川端で、人殺しがあったんで」

「ほう、殺しがな」

安兵衛は気乗りのしない声で言った。町方でもない安兵衛が、人殺しがあったからといって騒ぎ立てることはないのである。

そのとき、遅れて階段を下りてきたお満が、安兵衛の手を引っ張り、

「とんぼの小父ちゃん、遊ぼう」

と、甘えた声でせがんだ。お満は遊び相手を求めて、お房といっしょに二階の布団部屋へ来たにちがいない。

お満は、お房と先夫、米次郎《よねじろう》との間に生まれた子である。お満が二歳のとき、米次郎は風邪をこじらせて急逝してしまった。そのため、お満は父親の味を知らなかった。そこへ、安兵衛が居候として住み込むようになったため、安兵衛を父親のように思うところがあるらしい。

「その前に、めしを食ってな」

安兵衛はお満の頭に手を載せて、やさしい声で言った。安兵衛も子供好きで、お満とよく遊んでやっていたのだ。

「極楽の旦那、のんびりしてていいんですかい。殺されたのは、与野屋の包丁人、万次郎ですぜ」

又八が口をとがらせて言った。

「なに、万次郎だと」

安兵衛が驚いたように聞き返した。

安兵衛は万次郎のことを知っていた。笹川と店が近かったこともあり、いっしょに飲んだことがあったのである。万次郎は、駒形町界隈では若いが腕のいい包丁人として知られていた。

「まちげえねえ、あっしはこの目で万次郎の死骸《おろく》を見てきやしたからね」

そう言って、又八が己のどんぐり眼を指差した。

又八によると、日本橋へ魚を仕入れに行く途中、ぼてふり仲間から話を聞き、大川端に駆けもどって現場を見てきたという。

「おまえ、それで商売は」

「旦那、与野屋の万次郎が殺されたんですぜ。のんびり魚など売って歩けませんや」

又八は勢い込んで言った。

どういうわけか、又八はお節介の上に捕物好きだった。これ迄も、安兵衛がかかわった事件に、岡っ引きのような顔をして探索にくわわってきたのである。

「しかし、おまえ……」

人殺しの見物より、自分の商売の方が大事だろう、と言おうとして、安兵衛は口をつぐんだ。いまさら言っても遅いのである。これから、魚河岸へ行って魚を仕入れてくるわけにはいかないだろう。

「さァ、旦那、行きやしょう」

又八が、店から飛び出しそうな気配を見せた。

「待て、おれは、まだ朝めし前だ」

安兵衛はそう言って、傍らに立っている峰造に目をやった。さっきから、峰造は黙って安兵衛と又八のやり取りを聞いていたが、その面長の顔に困惑したような翳《かげ》が張り付いていたのだ。

「峰造、何か心当たりがあるのか」

安兵衛が峰造に訊いた。

峰造は同じ包丁人であり、店も近いということもあって万次郎とは親しくしていたはずである。

「まさか、殺されるとは思っちゃァいなかったが、ちょいと気になることがありやしてね」

峰造が戸惑うような顔をして言った。

「気になるとは？」

「万次郎は、客に出した料理のことで店に迷惑をかけたと言ってやした」

峰造は、三日前、駒形堂の前で万次郎と顔を合わせたおりに話を聞いたそうである。

与野屋に来たふたり連れの武士の客に柳川鍋を出したが、鍋のなかの泥鰌といっしょに数本の髪が煮込んであったと言って、ひとりの客が怒り出したという。

あるじの富五郎《とみごろう》と女将のおれんは平謝りに謝ったが、武士は一見《いちげん》客とみて愚弄《ぐろう》したのであろう、と言い、包丁人をこの場で成敗してくれる、と刀に手をかけた。

すると、いっしょに来た年嵩《としかさ》の武士が、

「わしが、なんとかとりなしてやるから、二十両出せ」

と、持ち掛けたという。

ここまで来て、富五郎はふたりで仕組んだ強請《ゆすり》だと気付いた。柳川鍋のなかの髪も自分で入れたにちがいないと思ったが、一度店側の落ち度だと謝ってしまったため、いまさら武士の狂言だとは言い出せなかった。

そこで、富五郎は、これで勘弁してくれ、と言って、三両包んだという。すると、今度はふたりとも、われらの値打ちは三両か、見縊《みくび》りおったな、と言ってさらに激しく怒り出し、

「三百両、出せ！」

と、凄《すご》んだという。

しかたなく、富五郎は有り合わせはこれしかないと言って、十両包み、その場を引き取ってもらった。ところが、それですまなかった。翌日、武士の使いだという町人体の男が店にあらわれ、

「残りの二百九十両、十日後に払わなければ、包丁人の命はねえそうだぜ」

と、言い置いて帰ったという。

「それから十日経ち、同じ町人体の男が金を取りに来たらしいが、富五郎さんは、そんな金は払えない、と言って追い返したそうです。……それが、あっしと万次郎が駒形堂前で

話した二日前のことらしいんで」

そう言って、峰造は沈痛な顔を安兵衛にむけた。同じ包丁人として、万次郎を見殺しにしたような気がしたのであろう。

「とすると、万次郎はそのふたりの武士と町人体の男のだれかに、殺されたってことになりそうだな」

安兵衛は強請としてはありふれた手口だが、脅したとおり実際に殺すのはめずらしいと思った。殺してしまっては、却《かえ》って金を脅し取るのがむずかしくなるからである。

「又八、行ってみよう。ただし、朝めしを食ってからだ」

安兵衛は、やっとその気になった。

四

安兵衛が又八と連れ立って笹川を出ようとすると、戸口に屈《かが》んでいたお満が立ち上がり、

「小父ちゃん、遊ぼう」

と言って走り寄り、安兵衛の袂《たもと》をつかんだ。どうやら、安兵衛が出て来るのを待っていたようである。

「また、今度な」

安兵衛は戸口に足をとめて言った。

「遊ぼう、遊ぼう」

お満はつかんだ袂を振りながら言った。

「今日は、お春に遊んでもらえ」

そう言うと、安兵衛は袂をつかんでいたお満の手を離させた。

お春も手が空いているときは、お満の遊び相手になってやっていたのだ。

お満は口をへの字に引き結んでその場につっ立っていたが、安兵衛が離れると、ワアッ！　と、声を上げて泣き出した。安兵衛と遊びたくて、ずっと待っていたのに逃げられたからであろう。

「旦那、子供には好かれやすね」

足早に歩きながら、又八が揶揄《やゆ》するような口調で言った。

「子供に好かれねえような男は、女にも好かれねえぜ」

安兵衛が伝法な口調で言った。

又八の口調に合わせたらしい。安兵衛の出自は三百石の旗本、長岡家の三男坊だが、家を出て笹川に居候し、店に出入りする男たちと交わるうちに、そうした物言いが自然に出るようになったのである。

「そんなもんですかね。……おっと、女の話より、いまは万次郎殺しだ。殺されてるのはすぐそこですぜ」

そう言って、又八が足を速めた。

諏訪町の大川端に、人だかりがしていた。なかに、八丁堀同心の倉持の姿もあった。どうやら、万次郎が殺された現場らしい。

「倉持の旦那が、おりやすぜ」

又八が小声で言った。

「分ってるよ」

安兵衛は、倉持と顔見知りだった。浅草の芸者や料理屋の女中などが連れ去られて遊女に売られる事件があったおり、お春も一味に攫《さら》われたため、その下手人の捕縛を倉持に頼んだことがあったのである。

岡っ引きの多くは、聞き込みのために現場を離れていたこともあって、集まっている男たちはすくなかった。玄次の姿もなかった。安兵衛が現場に着いたとき、玄次はその場から去った後だったのだ。

「長岡さんかい」

倉持は安兵衛を見ると、口元に揶揄するような嗤《わら》いを浮かべた。

「殺されたのは、万次郎だそうだな」

安兵衛は倉持に歩を寄せた。

死体は倉持の足元の叢に横たわっていた。すでに、検屍は終わっているのだろう。倉持の顔には、間延びした表情があった。

「おぬし、万次郎と知り合いか」

「顔を知っているだけだ。店が近所だからな」

そう言って、安兵衛は伏臥《ふくが》している死体に目をやった。

背後から刃物で刺されたらしく、格子縞の着物がどす黒い血に染まっている。傷は背中だけらしい。深い刺し傷で、心ノ臓に達しているようだ。

……殺し慣れたやつだな。

と、安兵衛は思った。一撃で仕留めているのだ。

「それで、下手人に心当たりはあるのかい」

倉持が訊いた。

「いや、ただ、追剝《おいは》ぎや辻斬《つじぎ》りじゃァねえだろうな」

安兵衛がもっともらしい顔をして言った。

金を狙《ねら》った殺しではないと見ていい。下手人も、万次郎が金を持っているとは思わなかっただろう。それに、迷いなく背後から一突きで刺し殺しているところから推して、始めから万次郎の命を狙ったと判断していいのではあるまいか。

「まァ、そうだろうな」

倉持も同じ見方らしかった。

「下手人は、万次郎とかかわりのある男と見ていいんじゃァねえのか」

安兵衛が言った。ただ、峰造から聞いた話は口にしなかった。話さずとも、倉持はすぐに嗅《か》ぎ出すだろうと思ったからである。

「何か知ってるのかい」

倉持がやり手の同心らしいするどい目をむけた。

「いや、ただの勘だ」

「勘で、そこまではっきり言われると、おれの十手は、長岡さんに渡さなけりゃァなんなくなるぜ」

倉持は憮然《ぶぜん》とした顔で言ったが、目は笑っていた。

そんな話をしているところへ、彦六《ひころく》という初老の岡っ引きが走り寄ってきた。安兵衛は話をしたことはなかったが、彦六の顔は知っていた。

「旦那、ちょいとお耳を」

そう言って、彦六は倉持の耳元に口を寄せて何やら話しだした。安兵衛には聞かせたくないようだ。

ただ、安兵衛には彦六が倉持に何を伝えたか分った。ふたりの会話から、脅し、与野屋の客、侍がふたり、などという声が漏《も》れ聞こえたからである。おそらく、彦六は与野屋に聞き込みに行き、主人の富五郎から強請のことを耳にして倉持に伝えたにちがいない。

「それで、あるじがここへ来るのだな」

倉持が声を大きくして言った。あるじというのは、富五郎らしい。

「へい、死骸《おろく》を引き取りたいと言ってやした」

つられて、彦六の声も大きくなった。もっとも、安兵衛に聞かれてもいいと思って、声を大きくしたのであろう。

「それなら、ここで待つか」

そう言うと、倉持は安兵衛に顔をむけ、

「長岡さん、引き取ってくれ。死骸の顔は十分拝んだろう。ここから先は、町方の仕事なんでな」

と、つっぱねるように言った。

どうやら、倉持は死体を引き取りに来る富五郎を尋問したいようだ。安兵衛がそばにいては邪魔なのだろう。

「おれの出る幕じゃァねえってことだな」

そう言って、安兵衛はきびすを返した。笹川と与野屋は近いのだ。いくらでも、与野屋の者から話を聞く機会はあるだろう。

安兵衛が又八を連れて笹川の方へ歩き始めると、通りの先に、小走りにやって来る男たちの姿が見えた。富五郎と奉公人たちらしい。戸板を持っている男もいた。それで、万次郎の死体を運ぶつもりなのだろう。

富五郎は安兵衛とすれちがうとき、慌てた様子で頭を下げたが何も言わず、倉持が立っている方へ小走りにむかった。

「旦那、富五郎さんの顔を見ましたかい。死人《しびと》みてえな顔をしてやしたぜ」

又八が小声で言った。

「うむ……」

又八の言うとおり、富五郎の顔は蒼《あお》ざめて、血の気がなかった。それに、ひどく怯えたような顔をしていた。

……万次郎が殺されただけじゃァ終わらねえのかもしれねえ。

安兵衛は胸の内でつぶやいた。

五

「お満、つかまえたぞ」

安兵衛は、お満のちいさな体を後ろから抱きかかえた。

お満は安兵衛の腕のなかで身をよじりながら、キャッキャッと声を上げて笑っている。

「さァ、今度はお満が、おれをつかまえる番だ」

そう言って、安兵衛は目隠しをしていた手ぬぐいを取った。

めんない千鳥という遊びである。ひとりが目隠しをし、もうひとりが、めんない千鳥、手の鳴る方へ、と言いながら手を打って逃げるのだ。目隠しをした者は、その声と拍手を頼りに相手をつかまえるのである。

お満は安兵衛とこの遊びをするのが好きで、家のなかにいるときは、かならずこの遊びをやりたがった。

小半刻（三十分）ほど前、お満は安兵衛のいる布団部屋に手ぬぐいを手にしてやってきて、相手をせがんだのである。

安兵衛は手ぬぐいでお満に目隠ししてやると、蹲踞《そんきょ》の格好で身を低くし、めんない千鳥、手の鳴る方へ、と言いながら、後じさった。

お満は、両手を前につき出して、柱や積んである座布団などを探りながら、安兵衛の声のする方へすこしずつ近付いてくる。

そのとき、安兵衛は階段を上がってくる足音を聞いた。お房らしい。

安兵衛は逃げるのをやめ、自分からお満に近付いた。

「つかまえた！　とんぼの小父ちゃんをつかまえた」

お満が短い腕を伸ばして、安兵衛の肩先に抱きついた。

「これは、しまった。お満に、つかまった」

「こんどは、小父ちゃんがつかまえる番だよ」

お満は、はずした手ぬぐいを安兵衛へ渡そうとした。

と、障子があいて、お房が顔を出した。お房は、安兵衛とお満の様子を見て、笑みを浮かべたが、すぐに表情を消し、

「旦那、下へ来てもらえます」

と、後ろからお満の肩を抱きながら言った。

すると、お満が首を横に振りながら、小父ちゃんと遊んでるから、だめ、と口をとがらせて言った。

「お満、お春を呼ぶから、小父ちゃんがもどってくるまでいっしょに遊んでいておくれ」

お房が、やさしい声で言った。ここでお満に泣かれたくないと思ったらしい。

お満は、コクリとうなずいた。お満はお春と遊ぶのも好きだったのだ。

「おれに何の用だ」

安兵衛は立ち上がりながら訊いた。

「与野屋のおれんさんが見えててね、旦那に頼みがあるらしいよ」

おれんは与野屋の女将である。店がちかいこともあって、お房はおれんと親しくしてい

たのだ。

「何の用かな」

安兵衛はそう言ったが、万次郎が殺された件であろうと予想できた。

お房につづいて階段を下りると、おれんが追い込みの座敷の前で立っていた。おれんは四十がらみで、二十歳になる倅《せがれ》がいると聞いていた。かなりの歳だが、黒襟のついた子持縞《こもちじま》の着物の襟元から緋色の襦袢《じゅばん》をのぞかせた姿には、長年料理屋の女将として生きてきた洗練された粋が感じられた。

ただ、いつものおっとりした顔付きではなかった。顔が蒼ざめ、憔悴して頬の肉がげっそりと落ちている。

「長岡さま、お願いがあって来ました」

おれんは切羽詰まったような声で言った。

「何かな」

安兵衛は追い込みの座敷の上がり框《かまち》に腰を下ろし、おれんさんもかけてくれ、とおだやかな声で言った。

安兵衛の脇にいたお房は、あたし、茶を淹《い》れてくるから、と言い置いて、板場へ入った。

おそらく、お春に二階でお満の相手をするよう頼みに行ったのだろう。

おれんが上がり框に腰を落ち着けたとき、板場からお春が慌てた様子で出て来て、お満のいる二階へ上がった。

「おれんさん、旦那は？」

安兵衛が訊いた。

大川端で、富五郎を見かけたのは五日前である。その後、万次郎の亡骸《なきがら》は両親に引き取られて埋葬されたと聞いていたが、富五郎の姿を見ていなかったのだ。

「それが、万次郎の葬式の後、寝込んでしまって」

おれんは、それでわたしが来たんです、と小声で言い添えた。

「万次郎が殺された他に、何かあったのか」

万次郎が殺されたことは、富五郎にとっても衝撃だったろうが、それが原因で寝込んだとも思えなかった。

「は、はい、実は一昨日の夜、亀次郎《かめじろう》という男が店に来て、残りの二百九十両出さなければ、主人の命はないと脅したんです」

おれんの顔がこわばっていた。そのときの恐怖がよみがえったのかもしれない。

「亀次郎というと、万次郎が殺される前に与野屋に来た男か」

安兵衛は、町人体の男が金を取りにきたことを峰造から聞いていた。

「は、はい……」

「ふたり組の武士の仲間だな」

やはり、万次郎が殺されて終わったわけではないのだ。それにしても、大胆だった。三人組は、町方が万次郎殺しの下手人を探索していることは知っているはずである。

おれんの話によると、そろそろ店をしめようかという夜更になって、亀次郎がひょっこり姿をあらわしたそうである。

そして、強引に帳場に上がり、富五郎と顔を合わせると、

「これで、口だけじゃァねえってことが分かったろう。残り二百九十両、耳を揃《そろ》えて出してもらおう。出さねえなら、次はおめえさんの番だぜ」

と、凄んだ。

富五郎は震え上がり、

「そ、そんな大金、店にはありませんよ」

と、恐怖に顔をひき攣《つ》らせて言った。

「とりあえず、有り金を持ってきな」

亀次郎は富五郎を見すえ、強い口調で言った。

富五郎はすぐに立ち上がり、帳場と居間にあった金を搔《か》き集めた。都合、三十両ほどあった。

「これしかねえのかい。まァ、今日のところは仕方ねえ。残りは、二百六十両だな。十日経ったらまた来る。そんときは、耳を揃えて出してもらうぜ」

「そ、そんな大金、揃えられませんよ」

富五郎は狼狽《ろうばい》し、声をつまらせて言った。

「その気になりゃァ集められるさ。この店を居抜きで売りゃァ、三百や五百にはなるはずだぜ」

亀次郎は口元にうす嗤いを浮かべて立ち上がり、

「町方に話しても無駄だぜ。おれがつかまりゃァ、すぐに仲間たちがおまえさんの他に、家族も皆殺しにすることになってるからな。それでよかったら、町方に話しな」

そう言い置いて、店を出ていった。

おれんはそこまで話すと、お房が運んできた茶を一口飲み、

「その昨日から、主人は寝込んでしまって……」

と、声を震わせて言った。

「ひどい連中だな」

安兵衛は他人事ながら腹が立った。強請にしては、度が過ぎている。押し込み強盗より悪辣《あくらつ》である。有り金を奪うだけでなく、与野屋の身代まで搾り取ろうというのだ。

「長岡さま、お力を貸してくださいまし」

おれんが、震えを帯びた声で哀願した。

安兵衛はこれまで居候している笹川だけでなく、界隈の料理屋や置き屋からも頼りにされていた。頼まれて誘拐された芸者を助け出したり、店に因縁をつけて金を脅し取ろうとした徒牢人《いたずらろうにん》を追い払ったりしてきたのである。

そのとき、茶出しして、安兵衛のかたわらに腰を下ろしていたお房が、

「ねえ、旦那、おれんさんの力になってやってくださいな。それに、与野屋さんだけでは済まないかもしれないもの」

と、言い出した。お房は、三人組が与野屋の次は笹川に来るかもしれないと思ったようだ。

「亀次郎が、金を取りに来るのは八日後だな」

安兵衛も手を貸してやってもいい気になっていた。頼まれて断れない性分でもあった。

「よし、亀次郎に会って、おれが追い返してやろう。町方でないおれなら、おれんさんの身内に手を出すこともあるまい」

「は、はい……」

「長岡さま、ありがとうございます」

おれんが絞り出すような声で言って、深々と頭を下げた。

六

浅草寺の境内は淡い暮色に染まっていた。暮れ六ツ（午後六時）を過ぎていた。いつもは参詣客でごった返している本堂の前や参道も人影はまばらである。

玄次は手水舎の裏手で、木箱のなかの売れ残った蝶々を数えていた。今日は思ったより、売れず、箱のなかには半分ほど残っていた。

そのとき、前を通る下駄の音を聞いて、玄次は顔を上げた。

……お島だ！

半月ほど前にこの場で見かけたお島が、また来たのである。

お島は、そのときと同じようにやつれた顔をし、何かに憑《つ》かれたような目をして護摩堂の方へ歩いていく。また、同じ猪首の男と会うつもりだろう。

ただ、玄次はこれ以上かかわりになることもないと思い、長屋に帰ろうとして雷門の方へ歩きかけたが、すぐに足がとまった。やはり気になったのだ。お島のことだけでなく、猪首の男が万次郎が殺された現場にいたことを思い出したせいもあった。

……やつの顔を、もう一度拝んでみるか。

玄次はそう思い直し、手水舎の陰にかがんだ。この場で待てば、猪首の男が通りかかるだろうと思ったのである。

思ったとおり、いっとき待つと猪首の男があらわれた。弁慶格子の単衣に角帯。今日は雪駄ではなく、麻裏草履だった。肩を怒らせながら、護摩堂の方へ歩いていく。

玄次は男をやり過ごしてから、跡を尾けた。尾けるといっても、行き先は分っていたので、男に気付かれないように本堂の脇へ行けばいいのである。

見ると、護摩堂の前にお島が立っていた。お島は近付いてくる猪首の男に気付くと、怯えたように肩をすぼめた。

男はニヤニヤしながら、お島に身を寄せた。

お島は男を前にして、小声で何か話したようだが、玄次の耳にまではとどかなかった。

と、ふいに男が、

……お島、何をやってるんだよ。

と怒鳴り、お島の襟元をつかんだ。

ピシャ、という肌をたたく音がひびき、お島は悲鳴を上げて身をのけ反らせた。

……か、堪忍して。

……そんなことじゃァ、おれたちの仕事にならねえんだよ。いいか、お島、次は喜桜閣《きおうかく》だ。客でも奉公人でもいいから、くわえ込んで話を聞き出せ。

男が声を荒らげて言った。

お島はたたかれた頰を押さえながら、ちいさくうなずいた。

浅草茶屋町《ちゃやまち》に喜桜閣という老舗の料理屋がある。玄次は、その店のことだろうと思った。

……また、十日したらここに来い。いいな。

そう言い置くと、男はきびすを返してお島から離れていった。

お島は両手で顔をおおったまま、その場に凝《じっ》としていた。泣いているようである。暮色がお島の痩《や》せた体をつつみ込み、かすかな嗚咽《おえつ》が本堂の脇にいる玄次の耳にも聞こえてきた。

玄次はお島に近付いた。その足音に気付いたのか、お島は目許を指先でぬぐって、玄次に顔をむけた。青白いお島の顔が、夕闇のなかに浮かび上がった。ひどくやつれた顔をしている。面長で鼻筋がとおり形のいいちいさな唇をしていたが、肌が荒れて艶《つや》を失い荒《すさ》んだ暮らしをしていることは一目で知れた。

ただ、玄次の目には、目の前の女の顔がむかしのお島の顔と重なって見えた。女房にしてもいい、と思ったことのある顔である。ただ、玄次は口にしなかったし、その素振りも見せなかった。すこし落ち着いてからでないと、お島もその気になれないだろうと思ったこともあるし、そのとき、大きな事件に取り組んでいたせいもあったのだ。

お島は玄次に気付かないらしく、視線を逸らすと急いでその場を離れようとした。おそらく、蝶々売りの姿が、岡っ引きのころの玄次と重ならなかったのであろう。

「お島、おれだよ」

玄次が声をかけた。

すぐにお島の足がとまり、その顔に驚いたような表情が浮いた。

「玄次さん……」

お島は、声で玄次と気付いたらしい。

「そうだ。岡っ引きの玄次だよ」

玄次は笑みを浮かべながら、お島に歩を寄せた。

「どうしたの、その格好は」

お島が訊いた。まだ、目が赤かったが、涙の跡は夕闇にまぎれて見えなかった。

「蝶々売りさ。おれもいろいろあってな」

「そうなの」

お島は玄次をあらためて見て、何か言いたそうな顔をしたが、口をひらかなかった。顔に戸惑うような色が浮いている。

「その後、困ったことはねえかい」

玄次はゆっくりと歩きだした。お島は玄次の後をついて来ながら、

「親分のお蔭で、何とかやってるけど……」

と、か細い声で言って、うなだれた。その憔悴した姿と暗い顔を見れば、お島がどんな境遇にいるかすぐに分かる。

「それで、護摩堂の前で会ってた男はだれだい」

玄次が振り返って訊いた。

「あ、あの男は……」

お島はハッとした顔をして、玄次を見返した。その顔が、見る間に困惑と狼狽にゆがんだ。

「おめえが、脅されてるのを見ちまってな。あの男と、どこで知り合ったんだい」

「東仲町《ひがしなかちょう》の橘屋《たちばなや》さんで……」

お島が小声で言った。

橘屋は浅草で名の知れた料理茶屋だった。

「いい店で働いてるじゃァねえか。駒田屋はやめちまったのかい」

「ええ……」

お島は、きまり悪そうにうなだれた。

「いつから、橘屋に」

「一年ほど前になるけど」

お島が、やっとのことで話したことによると、駒田屋に来る客の世話で橘屋に座敷女中として勤めるようになったという。

「よかったじゃァねえか。ところで、さっきの男だが、なんてえ名だい」

「……亀次郎」

お島が消え入りそうな声で言った。

「亀次郎は、おめえの新しい情夫《いろ》かい」

玄次がそう訊くと、ふいにお島は足をとめ、

「お、親分、もうどうにもならないんです」

と、切羽詰まったような顔で言った。顔が蒼ざめ、肩先が震えている。

「何が、どうにもならねえんだい」

「あたし、親分に迷惑がかかるから……。あたしのことは、死んだと思って放っておいて」

お島は泣き出すのを堪《こら》えて言うと、玄次の脇をすり抜けるように駆け出した。そして、雷門を駆け抜けると、東仲町の通りへむかった。

玄次は雷門の手前に立ったまま、華やかな繁華街の通りを去っていくお島の後ろ姿を呆《ぼう》然《ぜん》と見送っていた。

七

浅草阿部《あべ》川町《かわちょう》に芝《しば》右衛《え》門店《もんだな》という棟割り長屋があった。お島が母親とふたりで住んで

いるはずの長屋である。

玄次は浅草寺の境内でお島と話した翌日、阿部川町へ足をむけた。お島の暮らしぶりだけでも見ておこうと思ったのである。

玄次は縞柄の着物を尻っ端折りし、黒股引《ももひき》という岡っ引きらしい姿をしていた。まさか、蝶々売りの格好で、長屋を訪ねるわけにはいかなかったのである。

玄次はお島と知り合ったころ、何度か芝右衛門店に来ていたので、長屋の様子も分っていた。

長屋につづく路地木戸をくぐると、突き当たりに井戸があった。その端に屈んで、長屋の女房がふたり洗濯《せんたく》をしていた。玄次はお島のことを訊いてみようと思い、井戸端に足をとめた。

「あっしの名は玄次。この長屋に住むお島さんの知り合いでさァ」

そう言って、玄次はふたりの女房に声をかけた。

ふたりとも三十がらみだろうか、ひとりは大柄ででっぷり太り、もうひとりは小柄で痩せていた。ふたりは洗濯盥《だらい》につっ込んだ手をとめ、訝《いぶか》しそうな目で玄次を見上げた。

「それで、お島さんはいますかい」

玄次が訊いた。

「お島さんは、長屋にいませんよ」

太った女房が言い、脇にいる女房と目を合わせてうなずき合った。ふたりの顔には、まだ警戒の色がある。

「そんなはずはねえ。お島さんは母親とふたりでこの長屋に住んでるはずだぜ」

「それがさ、お島さん、いま独りなんだよ。……もう二年になるかねえ。およしさんの具合が悪くなってさ。お島さん、いろいろ手を尽くしたんだけど、亡くなっちまったんだよ」

急に太った女房が、涙声になって言った。小柄な女房も、眉宇を寄せて洟《はなみず》をすすり上げている。ふたりとも情にもろい質《たち》らしい。

およしというのは、お島の母親の名である。

「そうだったのかい。知らなかったなァ。それで、お島さんはここに住んじゃァいねえのかい」

玄次も女房たちに合わせ、悲しげな顔をして念を押した。

「お島さんは、もう、ここにはいないよ」

小柄な女房が立ち上がって腰を伸ばした。屈んだままだったので、腰が痛くなったらしい。すると、もうひとりも立ち上がって腰を伸ばし、濡れた手を前だれで拭《ふ》いた。

「他にも、何かあったのかい」

母親が死んだからといって、何か理由がなければ、身寄りのないお島がひとりで長屋を出るとは思えなかった。

「それが、およしさんが亡くなって三月ほどして、お島さんも急に長屋を出てってしまったのさ」

それからふたりの女房が代わる代わる話したことによると、お島は母親の薬代のために、勤めていた駒田屋の客だった男から金を借り、それが返せなくなって、男の言いなりになっているらしいという。

「その男は、亀次郎じゃァねえかい」

玄次が訊いた。

「そう、たしか、お島さん、亀次郎と言ってたよ」

太った女房が言うと、小柄な女房が後をつづけた。

「そいつが、ひどい男でねえ。長屋に来ても、お島さんを殴る蹴《け》るで、あたしらもかわいそうで見ていられなかったんだよ」

　そう言って、小柄な女房はまた涙ぐんだ。

　玄次の脳裏に、お島が亀次郎に頰を張られたときの光景がよぎった。どうやら、お島はこの長屋にいたときから、亀次郎に苛《いじ》められていたようである。

「それで、お島さんは、いまどこに住んでるんだい」

「どこかねえ。うちの亭主が、雷門の前でお島さんの姿を見かけたと言ってたから、浅草にいることはまちがいないだろうね」

　太った女房が言い、また小柄な女房と目を合わせて顔を曇らせた。

「手間を取らせちまったな」

　玄次はふたりの女房に礼を言って、その場を離れた。それ以上、長屋の住人に訊くこともなかったのである。

　長屋を出た玄次は、その足で田原町の駒田屋にむかった。主人の久兵衛《きゅうべえ》にも話を聞いてみようと思ったのである。

「これは、親分、お久し振りでございます」

　久兵衛は玄次の顔を見て相好をくずした。

五十がらみ、丸顔で温和な表情をしている。久兵衛は玄次が岡っ引きをやめたことは知っていたが、愛想良く迎えてくれた。

何年か前の話だが、駒田屋が地まわりに因縁をつけられて強請られたとき、玄次が地まわりを追い払ってやったことがあった。それ以来、久兵衛は何かと玄次を頼るようになったのである。

「そばと酒をもらおうか」

玄次は土間のつづきの板敷きの間に腰を下ろして頼んだ。一杯やりながら話を聞こうと思ったのである。

酒がとどき、久兵衛の酌で何杯か飲んだ後、

「お島のことで、ちと、訊きてえことがあってな」

と、玄次から話を切り出した。

「一年ほど前になりますかねえ。お島さん、急に店をやめてしまったんですよ」

久兵衛は、困惑したように顔を曇らせた。玄次の世話でお島をあずかっておきながら、やめてしまったことに気が咎《とが》めたのかもしれない。

「そうらしいな。ところで、お島は亀次郎という男に金を借りたらしいんだが、どんな男

だい」

玄次は亀次郎のことを知りたかったのだ。

「それが、親分さん、亀次郎のことはあまり知らないんですよ。うちの店にも、二度来ただけですから」

久兵衛によると、最初はふたりの武士と来て、二度目はひとりで来たという。

「武士と来ただと」

思わず、玄次が聞き返した。地まわりか遊び人と思われる亀次郎と武士のつながりが奇妙に思われたのだ。

このとき、玄次は与野屋がふたりの武士と亀次郎に強請られていることは知らなかった。知っていれば、すぐに亀次郎とふたりの武士をつなげたはずである。

「は、はい」

「牢人か」

「いえ、歴《れっき》としたお武家さまでしたよ。もっとも、身装《みなり》だけかも知れませんが」

そう言って、久兵衛は首をひねった。まともな武士が、亀次郎のような男といっしょにそばを食いにくるはずはないと思ったのかもしれない。

「二度目は」

「ひとりで来ました。お島が気に入ったようで、長く話してましたが」

久兵衛によると、お島はそのころから店の外で亀次郎と何度か会っていたらしいという。

「そうかい」

亀次郎はお島が金に困っていることを知り、言葉巧みに借金を持ち掛けたのであろう。

それから、玄次は酒を飲みながら、久兵衛と小半刻（三十分）ほど話し、三人連れの大工らしい客が入ってきたところで腰を上げた。

駒田屋を出ると、外は濃い暮色につつまれていた。浅草寺の門前の芝居町、茶屋町、並《なみ》木町《きちょう》あたりが明らみ、料理茶屋や妓楼などの華やかな灯《ひ》のなかに家並の黒い輪郭が折り重なるように見えていた。三味線や手拍子、哄笑、嬌声……などが、遠方からさんざめくように聞こえてくる。

華やかで淫靡《いんび》な繁華街のどこかにいるであろうお島と亀次郎の姿が、玄次の脳裏をよぎった。

……亀次郎は、ただの女誑《おんなたら》しじゃァねえ。

玄次は浅草の繁華街を見すえてつぶやいた。

第二章　旗本殺し

一

慌ただしく階段を駆け上がる音がし、障子のむこうで、

「旦那、旦那、作次《さくじ》さんが来てますよ」

と呼ぶ、甲高いお房の声が聞こえた。作次は与野屋で下働きしている男である。どうやら、亀次郎が与野屋にあらわれたらしい。

亀次郎が、与野屋で十日後に金を取りに来ると言い置いて帰ってから十二日経っていた。一昨日、安兵衛は与野屋に待機して亀次郎があらわれるのを待っていたが、姿を見せなかった。そこで、亀次郎が来たら、呼びに来てくれ、とおれんに話し、笹川にもどっていたのである。

安兵衛は愛用の瓢《ひさご》に酒を入れて二階の布団部屋で飲んでいたが、すぐにかたわらに置いてあった朱鞘《しゆざや》の愛刀を手にして立ち上がった。

お房につづいて階段を駆け下りると、作次が顔をこわばらせて土間で待っていた。瘦《や》せて、目の落ちくぼんだ初老の男である。

「だ、旦那、亀次郎が！」

作次が喉をつまらせて言った。

「来たか」

「へ、へい」

安兵衛は、行くぜ、と言い置き、格子戸から外へ飛び出した。作次が慌てて後を追ってくる。

上空は満天の星空だった。十六夜《いざよい》の月が皓々《こうこう》とかがやいている。安兵衛の短い影が足元で跳ねるようについてくる。

安兵衛は与野屋の裏手から入った。富五郎の身内ということにして、亀次郎と会うつもりだったのだ。

板場には、万次郎の後に雇った栄三郎《えいざぶろう》という包丁人や女中などが蒼ざめた顔で立っていた。

「亀次郎はどこにいる」

「女将《おかみ》さんと帳場に」

栄三郎が震えを帯びた声で言った。

すぐに、安兵衛は帳場にむかった。帳場の障子をあけると、浅黒い肌をした猪首の男が胡座《あぐら》をかいていた。亀次郎らしい。眉の太い、いかにも剽悍《ひょうかん》そうな男だった。その前に、おれんが怯《おび》えたような顔をして座っている。

「長岡さま」

おれんは安兵衛の顔を見るなり、声を上げた。安兵衛にむけられた目にすがるような色がある。

「こいつか、亀次郎てえのは」

安兵衛はおれんの脇に胡座をかくと、無言のまま亀次郎を見すえた。

「なんでえ、おめえは」

亀次郎が低い声で訊《き》いた。声に恫喝《どうかつ》するようなひびきがあった。

「おれか、この店のあるじの身内でな。名は長岡安兵衛」

「それで、何の用だ」

「おまえとの談判を買って出たのだ」

安兵衛は涼しい顔をして言った。

「なんだと！」

亀次郎は声を荒らげ、安兵衛を睨《にら》みつけた。

「でかい声を出すな。まだ、店には客が残っている」

安兵衛は脇に座っているおれんに顔をむけ、女将さん、悪いが茶でも淹《い》れてくれ、と言って、おれんをその場から去らせた。

おれんが帳場から出て行くと、

「さて、亀次郎、話を聞こうか」

と言って、あらためて亀次郎に目をむけた。

「てめえ、富五郎に頼まれやがったな」

亀次郎は怒りで顔を赭黒《あかぐろ》く染めて言った。

「頼まれたのではない。買って出たと言ったではないか。まァ、そんなことはどうでもいいが、まず、おまえの話を聞こうか」

安兵衛は穏やかな物言いをした。

「金さえ出してくれりゃァ、相手はだれでもいいや。二百六十両、耳を揃《そろ》えて出してくんな」

亀次郎は思い直したのか、口元にふてぶてしい嗤《わら》いを浮かべて言った。

「何の金だ」

「客に迷惑をかけた詫《わ》び料だな。おれたちは、富五郎に貸した金だと思っている」

「証文はあるのか」

「そんな物はねえが、富五郎がおれたちに払うことになってるんだ。嘘だと思うなら、富五郎に訊いてみな」

亀次郎は、安兵衛を前にしてまったく臆した様子はなかった。腹の据《す》わった悪党らしい。

「ところで、万次郎を殺したのは、おまえたちだそうだな」

「さあな。……おめえも、万次郎のようにならねえように気を付けるんだな」

亀次郎がドスの利いた声で言った。

「万次郎は、この店の大事な包丁人だった。その万次郎を殺されて、店は大損をこうむった。そこで、おまえたちに店の損をつぐなってもらうことにした。ざっと見積もって、損害は三百両だ。……亀次郎、先に三百両を出してもらおうか」

安兵衛が低い抑揚のない声で言った。これまでの穏やかな物言いと一変して、安兵衛の感情を殺した声には凄みがあった。

「な、なんだと！」

亀次郎は目をつり上げて叫んだ。見る間に、その顔が憤怒にゆがんできた。

「さァ、耳を揃えて三百両、出してみろ」

「てめえ！　おれひとりで、仕掛けたと思ってんのか」

亀次郎は腰を上げ、片膝を立てて安兵衛を睨み付けた。

「おまえのような雑魚が、ひとりでやったとは思っておらぬ。仲間のやつらにも言っておけ、三百両持参しないと与野屋の敷居はまたげないとな」

「ちくしょう！　てめえ、生かしちゃァおかねえぞ」

亀次郎は怒りに声を震わせた。

「おまえも、このままにしてはおかぬ。浅草界隈をうろついていれば、おれが始末するか、町方に捕えられるかだ」

「覚えてやがれ！」

亀次郎が立ち上がると、荒々しく障子をあけ、戸口へ飛び出していった。

するとと、おれんが顔を出し、恐る恐る帳場に入ってきて、

「な、長岡さま、このままで済みましょうか」

と、声を震わせて言った。どこかに隠れて、安兵衛と亀次郎のやり取りを聞いていたらしい。

「済まぬな」

亀次郎たちが、このまま引っ込むとは思えなかった。

「また、店に押しかけてきたら、どうしましょう」

おれんは困惑したように顔をしかめた。

「案ずることはない。この店に来る前に、おれのところに来るはずだ。そのとき、きっぱりと話をつけてやる」

安兵衛の命を狙《ねら》ってくるはずである。おそらく、亀次郎の仲間のふたりの武士が出てくるだろう。安兵衛は、ふたりの武士が姿を見せたとき、与野屋を強請《ゆす》った一味の正体が見えてくるのではないかと思った。

「ところで、女将、まだ、この店に因縁をつけたふたりの武士のことをよく知らないのだ

がな」

「名は分かりませんが」

「どんな顔をしていた」

安兵衛は、容貌《ようぼう》だけでも訊いておこうと思った。

「ふたりとも、御家人ふうでした」

おれんによると、ひとりは目のギョロリとした大柄な男で、もうひとりは痩身《そうしん》で顎《あご》がとがっていたという。

「それだけ聞けば、分かるだろうよ」

安兵衛は、そのうち顔を合わすことになるだろうと思った。

二

だいぶ、辺りが暗くなってきた。それでも、浅草東仲町の表通りは賑《にぎ》わっていた。通り沿いに料理屋、料理茶屋、なら茶漬けを出す茶屋などが軒を並べ、華やかな灯《ひ》のなかを浅草寺の参詣帰りの遊山客、料理屋へむかう芸者、飄客《ひょうかく》などが行き交っている。

玄次は、通り沿いの稲荷の祠の陰から斜向かいにある橘屋の店先に目をむけていた。お島が橘屋で働いていると聞いて、陽が沈む前からお島があらわれるのを待っていたのである。

玄次はお島がどこに住んでいるか知りたかった。そして、できれば亀次郎と縁を切らせてやりたかったのである。

亀次郎はただの遊び人や地まわりのような男とはちがう、と玄次は感じていた。性根の据わった悪党で、お島を泣かせるだけではすまない危険な男である。それに、お島は金を絞り取られているだけでなく、悪事の片棒を担がせられているような気がしたのだ。

その日、玄次は町木戸のしまる夜四ツ（午後十時）ちかくまで、橘屋を見張ったが、お島は姿を見せなかった。

……橘屋で働いていると言ったのは、お島の出任せかもしれねえ。

玄次は、三好町の長屋に帰りながら思った。

お島は駒田屋に来る客の世話で橘屋に座敷女中として勤めるようになった、と話していたが、考えてみると妙である。駒田屋の主人の久兵衛は、そんな話はしていなかったのだ。

翌日の午後、玄次はふたたび東仲町に足を運び、橘屋の裏手へまわった。女中か包丁人でもつかまえて、直接お島のことを聞いてみようと思ったのである。

店の裏口近くの路傍にいっとき佇《たたず》んでいると、風呂敷包みをかかえた太り肉《じし》の女が黒塗りの下駄を鳴らして、裏口の方へ歩いてくるのが見えた。いかにも、料理屋の女中といった感じのする大年増である。

「姐《あね》さん、ちょいとお待ちを」

玄次が、近寄って声をかけた。

「何か用かい」

女は足をとめて、訝《いぶか》しそうな目を玄次にむけた。

「あっしは、玄造《げんぞう》ってえ者《もん》だが……。姐さんは橘屋さんにお勤めですかい」

玄次は笑みを浮かべて訊いた。玄造という名は、咄嗟《とっさ》に頭に浮かんだ偽名である。

「そうだけど」

「ちょいと、訊きてえことがありやしてね」

玄次は手早く巾着《きんちゃく》から一朱銀を取り出すと、女の手に握らせてやった。

「いいのかい、こんなに貰って」

途端に女は愛想がよくなり、自分から、お静《しず》と名乗った。お静にとって、一朱は大金だったのだ。

「橘屋さんに、お島ってえ女が勤めてねえかい」

玄次が訊いた。

「お島さん、いないねえ」

お静は首をひねった。

「面長で色白な女だ。ちかごろ、苦労があって痩せちまい、沈んでることが多いかもしれねえ」

玄次は、お島ではなく別の名で勤めているかもしれないと思い、お島の容貌やちかごろの様子などをそれとなく話した。

「うちに、そんな人はいないよ。面長で、色白で痩せてるんだろう。お牧《まき》さんぐらいしかいないけど、お牧さん、好いた男といっしょになったばかりでね。毎日張り切ってやってるよ」

「好いた男というのは」

玄次は、亀次郎ではないかと思った。

「大工でね、寅助《とらすけ》という背の大きな男だよ」

お静が声を大きくして言った。

亀次郎ではないようだ。どうやら、お牧はお島ではないらしい。

「お島という女を知らねえかな。ちかごろ、橘屋とかかわりができたはずなんだが」

玄次は、お島が口から出任せで橘屋の名を出したのではないと思っていた。咄嗟に東仲町という町名も口にしたし、まったくかかわりのない店とは思えなかったのだ。

「お島さんねえ……」

お静は首をひねって考え込んでいたが、

「店とはかかわりがないけど……。清助《せいすけ》さんが、お島さんという女に惚《ほ》れられて困ってるって話してたね」

そう言って、お静は口元に揶揄《やゆ》するような笑いを浮かべた。

お静によると、清助は橘屋の包丁人で、でっぷり太った四十男だそうである。

「あんな男のどこに惚れたのかね」

お静はそう言うと、店に目をやり、その場を離れたいような素振りを見せた。長く話し過ぎたと思ったのかもしれない。

「清助という男は通いかい」

玄次が訊いた。

「そうだよ、店に来るのは早くてねえ。四ツ（午前十時）になれば、店に入ってるはずだよ」

お静は、あたし、もう行くよ、と言って、玄次の前を離れた。

翌朝、玄次は朝めしを食い終えると、すぐに橘屋に向かい、裏手の路傍に立って清助が来るのを待った。

小半刻（三十分）ほど待つと、棒縞《ぼうじま》の単衣《ひとえ》に角帯姿のでっぷり太った男が橘屋の裏口の方へ歩いてきた。赤ら顔で唇が分厚く、小鼻が張っている。どう見ても、女には好かれそうもない醜男《ぶおとこ》である。

お島が、この男に惚れるとは思えなかった。何か理由があって、惚れた振りして近付いたのであろう。

「清助さんですかい」

玄次は男に歩を寄せて声をかけた。

「そうだが、おめえは」

「玄造といいやす」

そう言って、玄次はお静のときと同じように袖の下を使い、お島のことを訊きたいと口

にした。そして、お島の年格好や人相を話すと、

「おお、その女だ」

と、清助は赤ら顔をさらに赤くして言った。

「やっぱりそうでしたかい」

「それで、おめえ、お島の身内かい」

清助が訊いた。

「いえ、実は、お島の母親にむかし世話になった者でしてね。半年ほど前《めえ》に、お島は長屋を飛び出して行方が分らなくなっちまったんですよ。それで、探してくれと頼まれやしてね」

玄次は適当に言いつくろった。

「お島に惚れられてな、ずいぶん楽しませてもらったが、お島の塒《ねぐら》までは知らねえぜ」

清助は好色そうに目をひからせて言った。

「お島とは、どこで知り合ったんで」

玄次が訊いた。

「知り合ったも何も、おれが店の仕事を終えると、お島のやつ、道端で待っててな、すり

寄って来たのよ。……背戸を通りかかったとき、おれの包丁捌《さば》きを見て、惚れたらしいんだな」

清助は目尻を下げ、分厚い唇をだらしなくひらいて、でれでれと笑った。

「お島が、金をせびったんじゃァねえでしょうね」

玄次は心配そうな顔をして訊いた。

「そんなこたァねえ。お島は金のことなどまったく口にしなかったぜ」

「どんな話をしやした」

玄次は、お島が清助に近付いた理由が知りたかった。

「てえした話はしねえよ。……お島は女中にでも使ってもらいたかったらしく、橘屋のことを根掘り葉掘り訊いてたな」

「橘屋のことと言いやすと」

そのとき、玄次の脳裏を、亀次郎の言葉がよぎった。亀次郎は、次は喜桜閣だ、客でも奉公人でもいいからくわえ込んで話を聞き出せ、とお島に指示していたのだ。お島は橘屋のことを探って、亀次郎に伝えていたのではあるまいか。

「どうということはねえ、あるじのことや家族、それに客筋、奉公人のこと……。うちで奉公する気があるから、訊いたんだろうよ」

清助は当然のことのように言った。お島に言い寄られて逆上せ上《のぼ》がり、不審に思う余裕もなかったのかもしれない。

それから、玄次は亀次郎のこともそれとなく訊いてみたが、清助はまったく知らないようだった。

「それで、お島の住んでる長屋だけでも分りませんかね」

玄次は念を押すように訊くと、

「おれが、訊きてえぐれえだよ。ちかごろ、お島はまったく姿を見せねえんだ」

そう言って、清助は急に顔を曇らせた。

どうやら、清助は用済みになって捨てられたようである。

三

大川の川面を渡ってきた風には、秋を感じさせる冷気があった。ただ、まだ陽射しは強く、その風が酒気を帯びた肌に心地好く染みる。

安兵衛はお房に頼んで愛用の朱塗りの瓢に酒を入れてもらい、大川端の土手に来ていた。

駒形堂から、川上に半町ほど歩いた場所で、竹町之渡の近くだった。そこの土手に太い桜が枝を張っていて、安兵衛はその木陰で大川を眺めながら酒を飲むのが好きだった。

瓢は携帯用の酒入れで、瓢のくびれに紐《ひも》が結んであり、その紐の先に木製の杯がついていた。それさえあれば、どこにいても一杯やれるのである。

安兵衛は無類の酒好きだった。笹川に居候するようになったのも、料理屋なら好きなだけ酒が飲めるという思惑があったからである。

安兵衛は大川を眺めながら、一刻（二時間）ほどかけて、一升ちかく入っていた瓢の酒を飲み干した。さすがに、大酒飲みの安兵衛も酔いがまわり、心地好い川風に吹かれていたせいもあって眠くなってきた。

……さて、一眠りするか。

安兵衛は、大欠伸《あくび》をして土手の叢《くさむら》に身を横たえた。

どのくらい眠ったろうか。安兵衛は首筋を冷たい物で撫《な》でられたような気がして目を覚ました。風のなかに冷気がある。辺りが薄暗くなり、川風が強くなっていた。秋の陽射しにかがやいていた川面は重い鉛色になり、うねるように流れている。

すでに、暮れ六ツ（午後六時）を過ぎていようか。陽が沈み、西の空には血を流したような残照があった。

安兵衛が笹川に帰ろうと思い、身を起こしたときだった。背後から近付いてくる足音を聞いた。

……亀次郎だ！

猪首に見覚えがあった。前のめりの格好で、こっちへやってくる。

もうひとりいた。亀次郎の背後に、総髪の牢人体の男がいる。黒鞘の大刀を一本落とし差しにし、だらりと両腕を下げて近付いてくる。痩身で、死人のように生気のないのっぺりした顔をしていた。その身辺には、多くの修羅場をくぐってきたことを思わせる陰湿で残忍な雰囲気がただよっていた。

……仕掛けてきやがったな。

安兵衛は、かたわらに置いてあった朱鞘の大刀を手にして立ち上がった。

亀次郎と牢人は、土手の下に立って安兵衛を見上げた。

「おい、極楽野郎、地獄へ送ってやるから下りてこい」

亀次郎が吠《ほ》えるような声で言った。どうやら、安兵衛のことを調べたようである。

「おぬしの名は」

安兵衛は牢人を見すえて誰何《すいか》した。

牢人は両肩を落とし、ゆらりと立っている。覇気がなく、物憂そうな顔をしているが、全身から痺《しび》れるような殺気を放射していた。ただ者ではない。多くの人を斬ってきた剣鬼とみていいだろう。

「死神十三郎《しにがみじゅうざぶろう》と呼ばれている」

牢人が抑揚のない低い声で言った。

「死神か。おれは極楽とんぼだ。おもしれえ、立ち合いになりそうだな」

そう言うと、安兵衛は手にした大刀を腰に差し、ゆっくりと土手を下りていった。

「十三郎の旦那、頼みやすぜ」

亀次郎が、左手にまわり込みながら声を上げた。

「死神、おめえが、与野屋を強請ったのかい」

安兵衛は、ちがうような気がした。おれんの話だと、与野屋に来たのは、ふたり組の武士で、牢人ふうだとは言わなかった。もっとも、羽織袴姿に身を変えれば、牢人には見えなかったかもしれない。

「問答無用」

言いざま、十三郎は抜刀した。

下段に構えた。構えたというより、刀身をだらりと足元に下げただけのように見えた。両肩が落ち、覇気のない構えである。

「行くぜ！」

安兵衛も抜いた。そして、柄を握った右手に、フーと息を吹きかけた。斬り合うときの癖だが、こうすると、闘気を高めるとともに昂《たかぶ》った気を鎮めることができるのだ。

安兵衛の双眸《そうぼう》が、獲物を狙う猛獣のようなひかりを帯びてきた。おっとりしたいつもの顔が豹変《ひょうへん》していた。剣客らしい凄みのある面貌《おもて》である。

安兵衛は、子供のころから九段にあった斎藤弥九郎《さいとうやくろう》の神道無念流、練兵館《れんぺいかん》に通って修行した。ずぼらな性格に反して、どういうわけか稽古に熱心に取り組み、めきめきと腕を上げた。三男坊で妾腹の子に生まれた安兵衛は、子供心にも剣で身を立てるしか生きていく道はないと自覚していたのかもしれない。

そうしたこともあって、二十歳を過ぎたころになると、塾頭にも三本のうち一本は取れるほどの遣い手になっていた。

ところが、二十歳を過ぎたころから酒と女の味を覚え、剣術の稽古に熱が入らなくなってきた。特に酒には目がなく、飲み出すとやめられないのだ。そのため、門人たちから飲《の》ん兵衛《べえ》安兵衛などと揶揄されるようになった。

そんなおり、安兵衛は飲み屋で顔を合わせた無頼牢人と喧嘩《けんか》になり、先に相手が抜いたこともあって、斬殺してしまった。

この事件がきっかけになり、安兵衛は道場にも長岡家にも居辛くなって、浅草寺界隈の長屋で独り住まいするようになった。その後何年も酒と喧嘩の日々がつづき、いまに至っているのである。

安兵衛は青眼に構え、つかつかと牢人との間合をつめていった。体の動きに合わせて剣《けん》尖《せん》が揺れている。安兵衛は剣尖を敵の目線や喉につけて、気で攻めるようなことはしなかった。

安兵衛が学んだのは神道無念流だが、いまは喧嘩や真剣勝負のなかで身につけた無手勝《むてかつ》流の喧嘩剣法だった。構え合って敵を攻めるという正攻法でなく、場や敵の動きに応じて剣をふるうのである。

対する十三郎は、下段に切っ先を下げたままぬらりと立っていた。気合も発せず、気攻めもなかった。

安兵衛の動と十三郎の静――。

ふたりの間合がせばまっていく。

左手に立った亀次郎はふところから匕首《あいくち》を抜き、切っ先を安兵衛にむけて身構えていた。

野犬のような血走った目をしている。臆した様子はなく、隙があれば安兵衛に飛びかかってくる気配があった。喧嘩慣れした男らしい。

安兵衛は斬撃の間境に踏み込むや否や動いた。

イヤアッ！

突如、するどい気合を発し、十三郎の真っ向へ斬り込んだ。

切っ先が稲妻のように十三郎の額へ伸びる。

刹那《せつな》、十三郎が反応した。

下段から逆袈裟《ぎやくげさ》へ。神速の太刀捌きである。

キーン、と甲高い金属音がひびき、ふたりの刀身が上下に跳ね返った。

と、次の瞬間。

ふたりは刀身を返しざま二の太刀をふるった。

安兵衛は右手へ跳びざま袈裟に。十三郎は左手に跳びざま胴へ。ふたりとも、一瞬の反応だった。

十三郎の肩口が裂けて血の色があったが、安兵衛の切っ先が肌をかすめただけである。

一方、安兵衛も着物の左の脇腹が裂けて肌が露出したが、出血はなかった。

ふたりは大きく間合を取って、ふたたび対峙《たいじ》した。

「できるな」

十三郎がくぐもった声で言った。

土気色をした生気のない顔が朱を掃いたように染まっていた。細い双眸が刺すようなするどいひかりを帯びている。

「おめえも、やるじゃァねえか」

安兵衛が伝法な物言いをした。

ペッ、と刀を握った右手に唾《つば》を吐きかけた。安兵衛の目も猛虎のような猛々《たけだけ》しいひかりを放っている。

安兵衛は右手だけで刀を握り、刀身を脇に垂らしたまま十三郎との間合を無造作につめていった。構えも気攻めもない。安兵衛の喧嘩殺法である。

そのとき、十三郎の顔に驚きの色が浮いたが、すぐに表情を消し、下段に構えた切っ先をわずかに上げた。一合したときより一瞬迅《はや》く斬り込もうとしたのである。

間合がつまると、安兵衛はすぐに動いた。裂帛《れっぱく》の気合を発しざま殴りかかるように袈裟に斬り込んだのだ。

間髪を入れず、十三郎も反応した。下段からすくい上げるように刀身を撥ね上げたのである。

ふたりの刀身が眼前ではじき合った次の瞬間、ふたりは二の太刀をふるった。ここまでの動きは一合したときと同じだったが、次の動きがちがっていた。

安兵衛はその場から動かず、右手だけで敵の真っ向へ斬り込んだのだ。神速の連続技だった。

咄嗟に、十三郎は右手に跳びながら胴を払った。

が、安兵衛の斬撃の方が一瞬迅かった。

十三郎の片耳が飛んだ。右手へ跳んだ瞬間、上体を倒したため、安兵衛の切っ先が片耳を斬り落としたのだ。

一方、十三郎の斬撃も安兵衛の脇腹の皮肉を浅く削いでいた。だが、かすり傷である。

十三郎の側頭部から血が噴き、右の半面が見る間に赤い布を張り付けたように真っ赤に染まった。

「お、おのれ！」

十三郎が目をつり上げて叫んだ。赤く染まった顔が夜叉《やしゃ》のようである。

そのとき、左手にいた亀次郎が動いた。匕首を前に突き出し、体ごとぶち当たるように猛然とつっ込んできたのだ。

咄嗟に、安兵衛は脇へ跳んで亀次郎の匕首の切っ先をかわしたが、体勢がくずれて後ろへよろめいた。

その一瞬の隙を、十三郎は見逃さなかった。大きく踏み込みざま刀身を横一文字に払った。

体勢をくずした安兵衛は、十三郎の斬撃を受ける間がなかった。一瞬、安兵衛は前に飛び込むように身を倒し、ごろりと一回転して撥ね起きた。刀法も体捌きもなかった。多くの修羅場を経験して身につけた咄嗟の反応である。

「さァ、来やがれ！」

安兵衛は右手の刀を振り上げ、吠え声を上げた。顔や着物が泥にまみれ、目ばかりが異様にひかっている。

十三郎は後じさり、手の甲で顔をぬぐった。顔をしかめて、しきりに瞬きしている。半顔を染めた血が、目に入るようだ。

「引け！」

十三郎が声を上げて、きびすを返した。このままつづけるのは不利と読んだらしい。

「極楽野郎、覚えてやがれ」

亀次郎も、罵声《ばせい》をあびせて反転した。

安兵衛はふたりを追わなかった。その場に立って、夕闇《やみ》のなかを遠ざかって行くふたりの背を見つめていたが、納刀し、瓢を手にすると、

……いずれ、また仕掛けてくる。

と胸の内でつぶやき、笹川の方へゆっくりと歩きだした。

四

「旦那、できましたよ」

お房が茶漬けを運んできた。盆には、たくあんの小皿と湯飲みも載っていた。

「すまぬな。お房の作る茶漬けは、ことのほか旨いからなァ」

安兵衛は満面に笑みを浮かべて世辞を言った。

五ツ(午前八時)を過ぎていた。安兵衛は昨夜遅くまで飲んでいて、寝過ごしてしまったのだ。

すでに、お房たちは朝餉《あさげ》を終えていたので、安兵衛はお房に頼んで、茶漬けを作ってもらったのである。

「与野屋の旦那さん、ちかごろ、商売に精を出してるらしいよ。おれんさん、喜んでましたよ。旦那のお蔭で、店も何とかつづけられそうだって」

お房が、安兵衛の脇に腰を下ろして言った

安兵衛が十三郎とやり合って十日ほど経っていた。この間、与野屋も笹川も何事もなく、平穏に商売をつづけていた。

だが、安兵衛はこれで始末がついたとは思っていなかった。平穏に過ぎる日々が、かえって不気味だった。亀次郎たちは、かならず何か仕掛けてくるはずなのだ。

茶漬けを食い終え、すこし冷たくなった茶をすすっていると、戸口で慌ただしい足音が聞こえた。

格子戸があき、顔を真っ赤にして飛び込んできたのは又八だった。

「だ、旦那、人殺しだ！」

又八は、安兵衛の顔を見るなり、どんぐり眼《まなこ》を見開いて声を上げた。

「又八、おれは町方ではないぞ。人殺しがあったからと言って、いちいち知らせに来ることはあるまい」

安兵衛が呆《あき》れたような顔をした。

「それが、旦那、諏訪町の大川端ですぜ」

諏訪町は笹川のある駒形町の隣り町である。

「だからどうした」

「どうしたって、旦那、万次郎が殺《や》られたすぐ近くなんですぜ」

「殺られたのは、だれなんだ」

そのとき、安兵衛の脳裏に与野屋の主人の富五郎の顔がよぎったのだ。

「名は知らねえが、お侍で」

「侍か」

安兵衛が拍子抜けしたように言った。武士となれば、富五郎や与野屋の奉公人でないことは確かだ。

「それが、身分のありそうなお侍のようでしてね。伝蔵が、旗本らしいと言ってやしたぜ」

又八は、ぼてふり仲間から話を聞いて現場に行ってきたことを言い添えた。お節介にも、また商売を放り出して見てきたらしい。

「旗本な。……それで、殺されているのはひとりか」

旗本となると、供を連れていたのではあるまいか。

「ひとりで」

「夜分、大川端を旗本がひとりで通ったのかな」

「そこまでは、あっしにも分からねえ」

又八が首をひねった。

「行ってみるか」

安兵衛は腑《ふ》に落ちなかったのだ。それに、暇である。

「旦那、あっしがお供しやすぜ」

又八は勢い込んで言った。まるで、町方の手先のような態度である。

「お房、すまぬが、おれの瓢に酒を入れてくれ」

安兵衛は現場を見た帰りに、駒形堂近くの大川端で一杯やろうと思ったのである。お房は呆れたような顔をしたが、いつものことだったので、すぐに板場へ行って安兵衛愛用の瓢に酒を入れてきてくれた。

安兵衛は、瓢を肩にかけて格子戸を出た。つづいて外へ飛び出した又八が、

「また、酒ですかい。まったく、旦那は極楽とんぼなんだから」

と嫌味を言ったが、安兵衛は意に介さなかった。

大川端の岸辺に人だかりがしていた。多くは通りすがりの野次馬らしかったが、伝蔵をはじめ数人の岡っ引きらしい姿もあった。

「旦那、玄次親分がいやすぜ」

又八が声を上げた。

「商売に行く途中のようだな」

玄次は蝶々売りの格好をして、人垣の後ろから死体が横たわっているらしい川岸の叢に目をむけていた。

安兵衛は玄次と親しかった。これまで、安兵衛は何度か自分のかかわった事件の探索を玄次に頼んできたのである。

玄次は安兵衛と目を合わすと、人垣の背後をまわって近寄ってきた。

「旦那、まず、死骸《おろく》を拝んでくだせえ」

玄次が小声で言った。お互いの話は、安兵衛が死体を見てからにしようということらしい。

安兵衛は無言でうなずくと、人垣を分けて前へ出た。

伝蔵と下っ引きの三五郎が立っている足元ちかくの叢に、羽織袴姿の武士が仰臥していた。歳は五十がらみであろうか。面長で鼻梁《びりよう》の高い男だった。目を剝《む》き、口をひらいたまま苦悶《くもん》の表情で絶命している。

「また、旦那ですかい」

伝蔵は安兵衛の姿を見ると、露骨に不愉快そうな顔をした。伝蔵は、町方のかかわる事件にときおり首をつっ込んでくる安兵衛や玄次たちを快く思っていないのだ。

「近いのでな、見るだけだ」

そう言って、安兵衛は死体に近付いた。

仰臥している死体の首筋から胸にかけて、どす黒い血に染まっていた。刀傷だった。袈裟に斬られたものである。

一太刀で斃《たお》されていた。腕の立つ者が斬ったと見ていい。

……万次郎を殺《や》った下手人とはちがうようだ。

と、安兵衛は思った。

万次郎の場合は、背後から走り寄りざま匕首か短刀のような物で刺し殺したと思われる傷だった。ところが、この武士は正面から刀で袈裟に斬られているのだ。

「ところで、親分、死骸《ほとけ》の名は分ってるのか」

安兵衛が伝蔵に訊いた。

「知らねえなァ。どの道、あっしらのかかわるような事件《やま》じゃァねえからね」

伝蔵は、苦々しい顔をして言った。

伝蔵は探索する気がないようである。殺されているのが武士なので、町方の出る幕ではないと決め付けているようだ。

安兵衛は話しても無駄だと思い、玄次と又八のいる人垣の後ろへ引きさがった。

「又八、この場に残って死骸がだれか探ってみてくれ」

安兵衛は又八に頼み、玄次を連れて駒形堂の方へ歩きだした。ふたりで、一杯やりながら話そうと思ったのである。

五

「まァ、一杯やろう」

そう言って、安兵衛は桜の枝の下に腰を下ろした。竹町之渡ちかくの大川端の土手の上である。

「あっしは仕事がありやすから、一杯《いっぺい》だけ」

玄次は、苦笑いを浮かべながら瓢の紐についた杯を受け取り、安兵衛の注ぐ酒を受けた。

まだ、昼前である。穏やかな晴天で、秋の陽射しを反射《はね》た大川の水面が目の前にひろがっていた。

ふたりで、しばらく飲んだ後、

「与野屋の万次郎が、殺られたのを知ってるか」

と、安兵衛が訊いた。

「へい、商いに出かけたおりに現場を通りかかりやして、死骸《おろく》を拝ませてもらいやした」

「与野屋は三人組に脅されていてな。そのために、万次郎は殺されたらしいのだ」

安兵衛はこれまでの経緯をかいつまんで話した。

「そんなことがありやしたか。……それで、三人組の正体は分ってるんですかい」

玄次が訊いた。

「ひとりは分っている。町人でな、名は亀次郎だ」

「亀次郎ですって！」

玄次が驚いたように声を上げた。

「おまえ、亀次郎を知ってるのか」

「知ってるもなにも、あっしも亀次郎の行方を探してたんでさァ」

「与野屋の件を探っていたのか」

「そうじゃァねえんで。……あっしがむかし知り合ったお島という女がおりやしてね」

そう前置きして、玄次はこれまで探ったことを安兵衛に話した。

「すると、そのお島という女が、浅草の老舗《しにせ》の料理屋の内情を探ったと見ているのだな」

「へい……」

玄次は屈託のある顔をしていた。

「亀次郎たちは、お島から話を聞き、金になりそうだと睨《にら》んだ店に脅しをかけたというわけか」

「旦那の話を聞いて、そう思いやした」

玄次は小声で答え、膝先に視線を落とした。顔が曇っている。お島が亀次郎のような男の言いなりになり、悪事の片棒を担がされていることが、哀れに思えたのである。

「いずれにしろ、亀次郎の塒《ねぐら》をつきとめねばならぬな」

安兵衛は、亀次郎たちがこのまま与野屋を見逃すとは思えなかった。それに、安兵衛に対しても何か仕掛けてくるだろう。

「亀次郎の行方は、あっしが探し出しやすよ」

玄次が顔を上げて言った。静かな声だが、強い意志を感じさせるひびきがあった。

これまで、玄次は探索を依頼されてから動いてきたが、今回は安兵衛に頼まれる前に、自分から亀次郎を探すと言い出したのだ。それだけ、お島のことが気掛かりだったのであろう。

「ところで、死神十三郎という男を知っているか」

安兵衛は、玄次なら知っているのではないかと思った。

「死神十三郎……。噂《うわさ》は聞いたことがありやすが」

玄次によると、名は望月《もちづき》十三郎で、金ずくで殺しを請け負う牢人だという。江戸の闇の世界では、望月に狙われたら助からないと言われ、死神と恐れられているそうである。

「望月十三郎な」

安兵衛は聞いた覚えがなかった。もっとも、玄次のように江戸の闇に棲《す》む悪党連中を知っているわけではなかった。

「旦那、望月がどうかしましたかい」

玄次が訊いた。

「望月も、亀次郎たちの仲間らしいのだ」

安兵衛は、望月と亀次郎に狙われたことをかいつまんで話した。

「亀次郎も、ただの鼠じゃァねえようですぜ」

玄次が底びかりのするような目で、虚空を睨んだ。腕利きの岡っ引きを思わせるするどい目である。

「いずれも、一癖も二癖もありそうな連中のようだ」

亀次郎、死神と呼ばれる望月十三郎、それに正体は分らないが、与野屋を脅したふたりの御家人ふうの武士がいる。

安兵衛は玄次に御家人ふうの武士のことも話し、

「玄次、油断できねえ相手だぜ」

と言い添えたとき、背後から走り寄る足音が聞こえた。振り返って見ると、又八が前のめりに駆けてくる。

「旦那、親分……」

土手へ駆け上がった又八は、肩で息しながら安兵衛の前につっ立った。

「一杯飲んで、一息つけ」

安兵衛が杯に酒を注いでやった。

又八は杯の酒を飲み干した後、ひとつ大きく息を吐いてから、

「殺されてた侍の名が知れやしたぜ」

と、目を剝いて言った。

又八によると、殺された武士の名は竹本次左衛門《たけもとじざえもん》、千五百石の旗本、鳴瀬為之助《なるせためのすけ》の用人だという。

「よく分ったな」

安兵衛が感心したように言った。

「殺されていた場所に、鳴瀬家の家臣や中間が駆け付けやしてね。死骸《おろく》を引き取っていっ

たんでさァ」

そのさい、又八は家臣に近付き、伝蔵と交わした会話を耳にしたのだという。

「竹本の家は、殺された場所の近くだったのか」

安兵衛は、竹本が夜分ひとりで大川端を通りかかった理由が知りたかった。

「茶屋町の喜桜閣で飲んだ帰りのようですぜ」

又八がそう言ったとき、

「喜桜閣だと！」

玄次が声を上げた。玄次は、亀次郎が、次は喜桜閣だ、とお島に指示したのを思い出したのだ。

「玄次、何か心当たりがあるのか」

安兵衛が訊いた。

「いえ、竹本殺しとつながるか分らねえが、亀次郎が喜桜閣と言ったのを耳にしやしたんで……」

玄次は、お島の名を出さず、曖昧《あいまい》な物言いをした。胸の内に、お島は竹本殺しにかかわって欲しくないとの思いがあったからであろう。

「いずれにしろ、亀次郎は竹本殺しにもかかわっていそうだな」

安兵衛がつぶやくような声で言った。

それから、半刻（三十分）ほどして、安兵衛たちは腰を上げた。いつの間にか、瓢の酒はからになっている。

「玄次、どうする」

安兵衛が、商売に行くのかどうか訊いた。すでに、九ツ（正午）を過ぎていたのだ。

「今日は、このまま長屋へ帰りやす」

玄次はそう答えたが、長屋にもどって着替え、喜桜閣の周辺に張り込んでお島があらわれるのを待とうと思っていた。お島をたどれば、亀次郎の塒もつかめるのではないかと踏んだのである。

「旦那はどうしやす」

玄次が訊いた。

「おれか、笹川に帰って飲みなおすとしよう」

安兵衛がそう言うと、

「まだ、飲むんですかい」

又八が呆れたような顔をして言った。

六

安兵衛が笹川の二階の布団部屋で手酌で酒を飲んでいると、階段を上ってくる足音が聞こえた。お房らしい。何かあったのか、駆け上がってくる。

「旦那、いらっしゃってますよ」

障子の向こうで、お房が息をはずませながら言った。

「だれが来てるのだ」

お房の物言いからして、又八や玄次ではないようである。

「榎田《えのきだ》さまですよ」

「ひとりか」

榎田平衛門《へいえもん》は、長岡家に長く仕える用人である。すでに隠居している父親、長岡重左衛《じゅうざえ》門《もん》の使いで来ることが多かった。

「ひとりですよ」

「すぐ、行く」

安兵衛は慌てて立ち上がり、鬢《びん》を撫で、髷《まげ》を直した。そして、袴の皺《しわ》を伸ばしてから階段を下りていった。榎田は安兵衛の自堕落振りに対して、ことのほか口やかましいのだ。

安兵衛は、重左衛門とお静《しず》という料理屋の座敷女中との間に生まれた子である。安兵衛が八つのときお静が病死したため、長岡家の三男として屋敷に引き取られたが、妾腹の子である安兵衛に家族はことのほか冷たかった。

そんな安兵衛の面倒を親身になってみてくれたのが、榎田だった。榎田には倅《せがれ》がなく、安兵衛を自分の子のように思っていたらしい。榎田の胸の内には、いまでも安兵衛のことを不肖の倅、と思うところがあるようなのだ。

「安兵衛さま、息災そうですな」

土間に立っていた榎田は、階段を下りてきた安兵衛の姿を舐《な》めるように見た。不機嫌そうに顔をゆがめていたが、安兵衛を見つめた目には、いつもと変わらぬ肉親の情を思わせるひかりがあった。

榎田は還暦ちかい老齢で皺が多く、鬢や髷も白髪混じりである。腰もすこしまがっているが、口のうるささはいくつになっても変わらない。

「平衛門も変わりないようだな」

安兵衛は、上がり框《かまち》近くに腰を下ろした。

「それにしても、相変わらずですな。酒の匂いがしますぞ」

そう言って、榎田が顔をしかめた。

「ここは料理屋だぞ。酒の匂いがするのは、当たり前だ」

安兵衛は涼しい顔をして言った。

「匂いだけではありません。お顔も赤いようですぞ」

「そう堅いこと言うな。それより、何の用だ。父上の使いか」

父の重左衛門は安兵衛が笹川で居候していることを知っていて、ときたま暮らし振りを見に榎田を寄越すのだ。

「はい、大殿さまのご用でうかがいました」

大殿というのは、重左衛門のことである。

「そうか、そうか」

安兵衛はニンマリした。榎田が重左衛門の使いでくるときは、なにがしかの金を預かってくることが多かったのだ。

「大殿は、すぐに安兵衛さまを屋敷にお連れするようにとの仰せでございました」

榎田が抑揚のない声で言った。

「屋敷に来いというのか」

安兵衛の顔から笑みが消えた。重左衛門から金を預かってきたのではないようだ。

「はい、それがしと同道していただきたいと存じます」

榎田の声には有無を言わせない強いひびきがあった。

「何の用だ」

「何の用かは存じません。それに、依之助《よりのすけ》さまもお屋敷でお待ちでございます」

「なに、兄上が」

依之助は、長岡家の長男で、すでに家を継ぎ、幕府の御目付の要職にあった。歳も離れていたし、安兵衛にとっては、頭の上がらない存在である。

「依之助さまも、おりいって安兵衛さまにお話があるそうでございます」

榎田が慇懃《いんぎん》な口調で言った。

「うむ……」

めずらしいことであった。これまで、重左衛門に度々屋敷に呼び付けられて意見を言われていたが、兄の依之助が口を挟むようなことはなかったのである。

「支度といっても、これしかないが……」

小袖も袴も着古した物でよれよれだったが、これよりましな衣装は持ちあわせていなかった。

「いかに何でもその格好では……。せめて、髭《ひげ》をあたるなり、髷を結い直すなり……」

榎田が渋い顔をして言った。

「分った。分った」

安兵衛は板場にいるお房を呼んだ。髭は自分であたるとしても、髷だけはお房に頼むしかなかったのである。

それから小半刻（三十分）ほどして、安兵衛は榎田と連れだって笹川を出た。

長岡家の屋敷は本郷にあった。加賀百万石前田家の上屋敷のそばである。三百石の旗本にふさわしい堅牢な長屋門を構えていた。

榎田は門扉の脇のくぐり戸から安兵衛を敷地内に入れ、式台のある玄関から奥の書院に通した。めずらしいことだった。これまで、榎田は屋敷内に入れる前に重左衛門のいる隠居所へ連れて行くことが多かったが、今日は直接屋敷内へ招じ入れたのだ。

榎田は安兵衛を座らせると、すぐに座敷を出てしまった。おそらく、依之助に安兵衛が来たことを知らせに行ったのであろう。

七

安兵衛が書院に座していっとき待つと、廊下を歩く足音がして重左衛門と依之助が姿を見せた。

重左衛門は大柄で肩幅のひろい体に、小紋の小袖をゆったりと着流していた。すでに還暦を過ぎていて鬢や髷は白く顔に皺も多かったが、その姿には大身の旗本を思わせる悠長さと威厳が残っている。

その重左衛門の脇に依之助が座した。歳は三十半ば、登勢《とせ》という妻と七つになる嫡男がいる。大柄でがっしりした体軀《たいく》は父親似だが、面長で切れ長の目は死んだ母親似かもしれない。

「安兵衛、変わりなさそうだな」

そう言って、重左衛門はギョロリとした目で安兵衛を見つめた。安兵衛の暮らしぶりを見定めようとしているような目である。

「父上も、息災そうでなによりでございます」

安兵衛は、顔を合わせたおりに口にするいつもの挨拶《あいさつ》をした。

「今日は、依之助がおまえに用があるそうだ」

重左衛門は依之助に顔をむけ、わしがいてもかまわんかな、と訊いた。

「かまいませんよ。気付いたことがあれば、父上からも安兵衛に言ってやってください」

依之助は抑揚のない声で言い、安兵衛に目をむけると、

「安兵衛、過日、千五百石の旗本、鳴瀬為之助どのに仕える竹本という用人が、何者かに斬殺されたことを知っているかな」

と、訊いた。

「噂は聞いております」

安兵衛は、用人の竹本が斬殺された現場まで足を運んで見ていたが、そのことは口にしなかった。

「実は、鳴瀬どのは、何者かに多額の金を強請られていてな。竹本はその相手と談判するために、浅草の料理屋に出かけた帰りに殺されたらしいのだ」

依之助が声をひそめて言った。

「さようでございますか」

安兵衛は他人事のような顔をして言った。すでに、竹本が喜桜閣からの帰りに殺されたことも知っていた。

「三日ほど前、鳴瀬どのがひそかにこの屋敷に見えられてな。事情を打ち明けて、何とか内々で始末できぬかと頼まれたのだ」

依之助は、当主の為之助とは昌平坂学問所でともに学んだ間柄であり、何とか力になってやりたいと言い添えた。

「いったい何者が、鳴瀬さまのような大身の旗本を強請ったのです」

安兵衛は驚いたような顔をして訊いた。

そのとき、安兵衛の脳裏に亀次郎たちのことが浮かんだが、相手が千五百石の旗本となると、料理屋を強請るようなわけにはいかないだろうと思った。

「名は分らぬが、御家人ふうの武士がふたり、それに商家の旦那ふうの男がひとりだそうだ」

「商家の旦那ふうですか」

安兵衛は亀次郎ではないようだと思った。

「恰幅《かっぷく》のいい四十がらみの男とか」

「それで、三人組は鳴瀬さまに何を要求したのです」

「金だ。千両とのことだ」

「千両……」

さすがに、安兵衛も驚いた。与野屋の三百両とは桁が違う。

「いかに、千五百石の大身でも千両の大金は簡単に都合できぬし、金を渡せばそれですっきり片が付くとも思えなかったようだ。そこで、用人の竹本を談判にやったらしいのだ。その竹本が帰りに斬殺され、鳴瀬どのは相手の脅しが口だけではないと分り、震え上がったようだ。……そうしたこともあって、わしに相談に来たわけだな」

安兵衛は、強請の額はちがうがやり方は、与野屋の場合とよく似ていると思った。

「ところで、鳴瀬さまは何を種に強請られたのです」

安兵衛が訊いた。よほどのことがなければ、大身の旗本を強請るような真似はできないはずである。

「よほど秘匿したいことらしく、鳴瀬どのもはっきりしたことは言わぬが、浅草の料理屋の女中に子を産ませ、家には内緒で養育させていたようなのだが、その子が何か悪事を働いたらしいのだ。……たいした悪事ではなく、町方もその子の出自までは問題にしなかった。ところが、そのことを三人組が嗅《か》ぎ付け、金を出さなければ公儀に訴えると言い出したらしいのだ」

「なるほど」

安兵衛は相槌《あいづち》を打った。

「訴えられても、われら目付の匙《さじ》しだいでな、鳴瀬家に累が及ばぬようにもできるだろうが、鳴瀬どのとしては、世間体は悪いし家名に疵《きず》がつくことを恐れたわけだな」

そう言うと、依之助は傍らに座している重左衛門と安兵衛を交互に見て、口元に薄笑いを浮かべた。

重左衛門は苦虫を嚙み潰《つぶ》したような顔をし、落ち着きなく視線を動かしている。自分のことを言われたような気がしたのであろう。

「大身の旗本も、われらと変わらぬようですな。……ところで、兄上、それがしの用件は」

と、安兵衛は涼しい顔をして訊いた。

「鳴瀬どのは、わしが目付ということもあって内々に頼んだようなのだが、わしはいま多忙でな、そのような私事で動くわけにはいかんのだ」

「もっともです」

「かといって、鳴瀬どのに懇願された手前もあり、放置しておくこともできん。そこで、おまえに白羽の矢を立てたわけだな」

「ですが、それがしは一介の痩せ牢人、とてもとてもそのような力は……」

安兵衛は強く首を横に振った。

「いや、おまえの噂は耳にしておるぞ。町方や火盗改めも手を焼くような人攫《ひとさら》い一味や辻斬りなどを成敗したそうではないか。おまえは見かけほど、ずぼらな男ではない。なにしろ、長岡家の血を引いておるのだからな」

依之助が、めずらしく安兵衛のことを褒めた。

すると、そばでやり取りを聞いていた重左衛門が、ここぞとばかりに身を乗り出してきて、

「安兵衛、承知だな。ここでやらねば、男が立たぬぞ」

と、熱《いき》り立って言った。

「………」

安兵衛は肩をすぼめて視線を膝先に落とした。別に男を立てたいとは思わなかったが、父と兄を前にして断ることもできなかったのだ。

「安兵衛、牢人暮らしも楽ではあるまい。……長岡家としても、何かせねばならぬと思っていた矢先なのだ。これは、当座の暮らしの糧にと思ってな」

そう言って、依之助が袂《たもと》から袱紗《ふくさ》包みを取り出した。

安兵衛は上目遣いに袱紗のふくらみ具合を見た。

……切り餅ではないか！

だとすれば、二十五両である。

安兵衛は毅然《きぜん》として顔を上げた。

「兄上、長岡家のお役に立てるなら、安兵衛、どのような難事であろうと、身を挺して取り組む所存にございます」

安兵衛はきっぱりと言った。二十五両なら、兄に頼まれなくとも引き受けるだろう。

「そうか、そうか」

依之助は相好を崩し、袱紗包みを安兵衛の膝先へ押し出したが、急にその手をとめ、

「ただし、いかなる事態になろうとも、わしの依頼であることを口にしてはならぬぞ」

と、釘を刺すように言った。

八

本郷の長岡家から笹川にもどった安兵衛は、お房に茶漬けを作ってもらい、腹ごしらえをしてから、浅草三間町《さんげんちょう》へ足をむけた。

三間町の裏長屋に住む笑月斎《しょうげつさい》に会いに行ったのである。笑月斎は八卦見《はっけみ》が生業で、ふだんは浅草寺の境内や吉原などで商売をしているが、無類の博奕《ばくち》好きで金が入ると賭場《とば》に入り浸っているのだ。

笑月斎の名は野間八九郎《のまはちくろう》。生まれながらの牢人だが、子供のころ剣で身を立てたいと考え、下谷練塀《ねりべい》小路にある一刀流の中西道場に通って修行した。ところが、二十歳になるとさっさと剣に見切りをつけ、易経の教えを受けて八卦見になってしまったのである。

安兵衛は笑月斎が浅草寺の境内でならず者と喧嘩になったとき、仲裁に入ったのが縁で知り合ったのだ。

安兵衛は笑月斎に望月十三郎のことを聞いてみるつもりだった。それというのも、笑月斎は賭場に出入りする徒牢人《いたずらろうにん》のことにくわしく、望月十三郎のことも知っているのではないかと思ったのである。

棟割り長屋の腰高障子をあけると、笑月斎が座敷に寝転がっていた。金がなくて賭場に出かけられず、家でくすぶっていたらしい。

「おお、長岡か、いいところに来たな」

笑月斎はそそくさと戸口へ出てきた。

歳は四十代半ば、肩まで垂らした総髪だった。商売に出かけるおりの袖無し羽織に袴のままである。

「くめどのはどうした」

くめというのは、笑月斎の妻女である。笑月斎に子はなく、くめとふたり暮らしだった。

「菜《さい》を買いに出ておる。……長岡、一杯やらぬか」

笑月斎は目をひからせて言った。笑月斎も、安兵衛と同じように酒好きであった。

「いいなァ」

安兵衛はすぐにその気になった。

「持ち合わせは、あるのか」

笑月斎が上目遣いに見ながら小声で訊いた。

「ある、ある。ふたりで夜通し飲んでもいいぞ」

兄からもらった金があり、酒代を心配する必要がなかったのだ。

「よし、行こう」

笑月斎は、安兵衛が訪ねてきた用件も聞かずに、土間へ下りた。

ふたりが腰を落ち着けたのは、西仲町にある一膳めし屋だった。笑月斎が出入りする店で、安い上に肴《さかな》がうまいのだという。

ふたりでいっとき酒を酌み交わした後、

「実は、おぬしに訊きたいことがあってな」

と、安兵衛が話を切り出した。

「望月十三郎という男を知っているか。死神十三郎と、呼ばれているそうだ」

「噂はな」

笑月斎の顔がこわばった。

「どんな男だ」

「その名の通り、死神のような男らしい。金ずくで人を斬る殺し屋だが、狙った相手は逃したことがないそうだよ」

笑月斎がおぞましそうに顔をしかめた。

「実は、望月とやり合ったのだ」

安兵衛は、これまでの経緯と大川端で亀次郎と望月に襲われたときの様子をかいつまんで話した。

「その亀次郎という男も知っておるぞ。もっとも、話をしたことはないがな」

笑月斎によると、亀次郎はときおり賭場にも顔を出していたが、ちかごろは姿を見かけなくなったという。

相当の悪党で、喧嘩や博奕はむろんのこと、女を騙《だま》して売り飛ばしたり、強請にたかり、盗み以外の悪事は何でもするとのことだ。

「その亀次郎と死神がつるんだとなると、厄介だな」

笑月斎が言った。

「それが、ふたりだけではないのだ。他にも武士がふたり、商家の旦那ふうの男がひとりくわわっているらしい」

「強請にか」

「そうだ」

安兵衛は料理屋だけでなく、旗本も強請ったらしいと言い添えた。ただ、はっきりしなかったので、鳴瀬家の名は伏せておいた。

「とんでもない相手だな。それで、おぬし、そいつらとやり合うつもりなのか」

「仕方あるまい、近所のよしみで引き受けちまったのだからな」

安兵衛は銚子《ちょうし》を手にして、笑月斎の猪口《ちょこ》に酒を注いでやった。

「わしも、酒を馳走《ちそう》になったからには、何かやらねばなるまいな」

そう言って、笑月斎は猪口をかたむけた。

「おぬし、亀次郎か望月が賭場へあらわれたら、跡を尾けて塒をつきとめてくれんか。一味の塒をつかめば、何とかなろうからな」

安兵衛は笑月斎の手も借りるつもりだったのだ。

「承知した」

笑月斎は、飲み干した猪口を安兵衛の前に差し出した。

それから一刻（二時間）ほどして、ふたりは一膳めし屋を出た。外は満天の星空だった。

夜気には冬の訪れを感じさせるような冷気があったが、酒に上気した肌にはかえって心地好かった。

「おい、いい月だぞ」

笑月斎が頭上の月を見上げて言った。

十六夜の月が皓々《こうこう》とかがやいている。物音ひとつしない清澄な夜だった。江戸の町は深い夜の帳《とばり》につつまれ、寝静まっている。ふたりは、人影のない町筋を足音をひびかせて歩いた。

第三章　強請一味

一

……お島だ！

細い路地にお島の姿があった。そこは、小料理屋と縄暖簾《なわのれん》を出した飲み屋の間の路地である。お島は飲み屋の角の闇溜《やみだ》まりに身を沈めるようにして、斜向かいにある喜桜閣の背戸に目をむけている。

玄次は、お島のいる路地から十間ほど離れた置家《おきや》の板塀の陰にいた。玄次が喜桜閣を見張るようになって五日目だった。

玄次はここ三日ほど、陽が沈んでから二刻（四時間）ほど、表通りから喜桜閣の店先を見張っていたが、お島はあらわれなかった。そこで、昨日から裏口を見張ることにし、この場にひそんでいたのだ。そしていま、狭い路地の闇溜まりに身を隠して、喜桜閣の背戸に目をむけているお島の姿に気付いたのである。

……だれか、待っているようだ。

と、玄次は思った。

ときおり背戸があき、下働きらしい男や女中などが顔を出したが、お島は動かなかった。

それから、一刻（二時間）ほど過ぎた。すでに、町木戸のしまる四ツ（午後十時）は過ぎていた。まだ、お島は飲み屋の角から背戸に目をやっている。

お島の相手は、喜桜閣から出てこねえかもしれねえ、と玄次が思い始めたとき、背戸があいて、痩身の男が姿をあらわした。三十がらみ、格子縞の着物を尻っ端折りし、手ぬぐいを肩にかけていた。包丁人であろうか。やけに肌の白い男だった。

ふいに、お島が飲み屋の角から路地へ出た。そして、出てきた男に小走りに近付いて行った。そのお島の下駄の音に気付いたらしく、男は白い歯を見せて笑った。

お島は吸い寄せられるように男に近付いていく。そして、男に身を寄せると耳元で何やらささやいた。お島が待っていたのは、この男のようである。

男は何やら口にし、お島の肩に手をまわそうとした。すると、お島はすねたように身をよじり、男の腕をつかんで歩きだした。

……待てよ、そんなに急ぐこたァねえだろう。

男のうわずった声が聞こえた。

お島と男は、夜陰のなかへ歩き出した。頭上の月がふたりを照らしていたが、路地は暗く、かすかに人影が識別できるだけである。

玄次はふたりの跡を尾《つ》けた。足音を消し、物陰や闇溜まりをつたいながら巧みに尾けていく。

お島と男は茶屋町の路地をたどり、材木町《ざいもくちよう》を抜けて大川端へ出た。ふたりは身を寄せたまま大川端を川上にむかって歩いていく。大川端はひっそりとして、汀《みぎわ》に寄せる川波の音だけが聞こえていた。

玄次の尾行は楽だった。足音を川の流れの音が消してくれたからである。

前を行くふたりは大川にかかる吾妻橋《あずまばし》のたもとを通り抜けて、さらに川上へむかい、花《はな》川戸町《かわどまち》へ入った。

花川戸町の路地を一町ほど歩いたとき、お島が足をとめた。男も足をとめ、ふたりは向かい合ったまま何やらしきりに話していたが、遠方にいる玄次には聞き取れなかった。いっとすると話がとぎれ、ふたりは顔を見合って凝《じっ》としていた。

と、男が腕を伸ばしてお島の肩先をつかんだ。そして、強引にお島の体を引き寄せると、おおいかぶさるように口元をお島の顔に近付けた。

するとお島はすこし伸び上がるようにして頬を男の頬に付け、自分から男の体を強く抱きしめた。そうやって、お島が男との口吸いを避けたようにも見えた。いっときふたりは抱き合っていたが、ふいにお島が後込《しりご》みするように身を引いた。そして、きびすを返すと、下駄の音をひびかせて路地木戸のなかへ駆け込んだ。

男はいっとき夜陰のなかにつっ立ったままお島の消えた路地木戸へ目をむけていたが、やがてあきらめたらしく来た道をもどっていった。

その様子を、玄次は板塀の陰から見ていたが、男の姿が夜陰のなかに溶け込むように消えると、ゆっくりと路地へ出てきた。玄次は男の跡を尾けなかった。尾ける必要はなかったのである。

おそらく、男は喜桜閣の包丁人か若い衆《し》にちがいない。お島が亀次郎の指図どおり、喜桜閣の内情を探り出すために色仕掛けで近付いたのだ。橘屋の清助に近付いたのと同じ手口であろう。

玄次はお島が入っていった路地木戸へ歩を寄せた。ここが、お島の住む長屋であろう。路地木戸は小体《こてい》な店の間にあった。右手の店の軒下に足袋の看板が下がっていたので、足袋屋だと分った。

それだけ確認すると、玄次はその場を離れた。後は明日である。

翌朝、玄次は陽が高くなってから花川戸町へ足を運んだ。そして、昨夜、見ておいた足袋の看板を目当てに、お島の入っていった路地木戸を探しだした。

玄次は路地木戸から半町ほど離れた通り沿いに小体な瀬戸物屋を見つけると、店のなかに入った。店の者から、お島の様子を聞き出してみようと思ったのである。

店先に丼《どんぶり》、皿、徳利などの瀬戸物が雑然と並んでいた。奥を覗《のぞ》くと狭い座敷があり、そこで初老の男が算盤《そろばん》をはじいていた。店のあるじらしい。

「ごめんよ」

玄次が声をかけた。

あるじは慌てた様子で算盤を置くと、いらっしゃい、と言って腰を上げ、愛想笑いを浮かべて玄次に近寄ってきた。客と思ったようである。

仕方なく玄次は、そばの棚に並んでいた瀬戸物の湯飲みを手にした。

「おや、旦那、お目が高い。その湯飲みはいい物でしてね」

おやじは、揉み手をしながら近付いてきた。

「いくらだ」

高ければ、別の物にしようと思った。

「うちの店は初めてのようですから、顔つなぎに一朱にまけておきましょう」

おやじがもっともらしい顔をして言った。

「もらおう」

玄次はすこし高いような気もしたが、袖の下を使うより安く済むと思ったのである。

「ありがとうございます」

あるじは満面に笑みを浮かべて、玄次の手にした湯飲みを受け取った。紙にでも包んで渡してくれるようだ。

「ちと、訊《き》きたいことがあってな」

玄次は巾着《きんちゃく》につっ込んだ手をとめて言った。

「何です」

「この先の足袋屋の脇を入った長屋だが、なんてえ長屋だい」

「彦五郎店《ひこごろうだな》ですよ」

「その彦五郎店に、ちかごろ、お島という女が越してきたはずだが、おめえ、知ってるかい」

玄次は一朱銀をつまみ出したが、握ったままであるじに渡さなかった。話が済むまで、渡さずにおこうと思ったのである。

「ええ、噂《うわさ》は聞いてますよ」

あるじは、玄次の手元を覗き込んだ。

「いっしょに住んでるのはだれだい」

玄次は亀次郎だと思ったが、名は出さなかった。

「くわしいことは知りませんが、ひとりのときが多いようですよ」

「どういうことだ」

玄次が聞き返した。

「いえ、あの家は亀次郎という男が住んでたんですがね。亀次郎は、家をあけるときが多いようですから」

そう言ったあるじの顔に、嫌悪するような表情が浮いた。亀次郎のことをよく思っていないようだ。

「それでも、亀次郎は長屋にもどるのだな」

念を押すように訊いて、玄次は手にした一朱銀をあるじに渡した。

あるじはニンマリして受け取り、

「はい、三日に一度ほどは帰ってくるようですよ」

と言って、湯飲みを渡した。

玄次は湯飲みを手にして店を出た。とりあえず、亀次郎の塒《ねぐら》かどうか確かめてから次の手を打つつもりだった。

二

足袋屋から三軒先に、表戸をとじたままの借家があった。近所の住人の話だと、元は米屋だったが、あるじが博奕に嵌《は》まり借金がかさんで店を売りに出しているという。玄次はその家の角に身を隠して、彦五郎店の路地木戸へ目をやっていた。亀次郎が来るのを待っていたのである。

すでに、暮れ六ツ（午後六時）を過ぎていた。通り沿いの表店は店仕舞いし、行き交う人の姿も途絶えて、町筋はひっそりとしていた。

玄次が、この場にひそんで一刻（二時間）ほど経つ。玄次は瀬戸物屋のあるじから話を聞いた後、長屋に行って井戸端に水汲《く》みにきた女房から、お島が住んでいることを確認してあった。次は亀次郎の塒であることを確かめるのである。

それからいっときして、通りの先の夕闇のなかに人影があらわれた。

……来たぜ！

小太りで猪首、見覚えのある亀次郎の体軀である。

亀次郎は玄次のひそんでいる前を通り過ぎ、路地木戸からなかへ入っていった。

亀次郎の姿が路地木戸のなかへ消えると、玄次は足音を忍ばせて通りへ出た。そして、路地木戸をくぐり、長屋の敷地内に入っていった。玄次は井戸端に身をかがめると、濃い暮色につつまれた長屋に目をやった。

長屋は賑やかだった。家々から灯《ひ》が洩《も》れ、引き戸を開け閉めする音や瀬戸物の触れ合う音などにまじって、亭主のがなり声、女房の子供を叱《しか》る声、赤子の泣き声などが絶え間なく聞こえてきた。どの家も外に出ていた亭主や子供が帰り、夕餉《ゆうげ》どきを迎えていた。長屋の一番賑やかなときである。

長屋は三棟あった。お島が住んでいるのは、東側の棟の奥から二番目の家だと聞いていた。家といっても、六畳一間の棟割り長屋なので、間口は二間しかない。

玄次は東側の棟の角に身を寄せ、お島の住む家をうかがった。腰高障子から淡い灯が洩れている。

ふいに、お島、それだけか！　という亀次郎の怒声が聞こえた。やはり、お島の住む家に亀次郎もいるようである。

つづいて、堪忍して！　というお島の悲鳴のような声がし、肌を打つ音が聞こえた。亀次郎がお島の頬をたたいたらしい。

……おめえには、大金を貸してあるんだ。分ってるのか、お島！

怒鳴り声につづいて、また頬をたたくような音がひびいた。

身を畳に投げ出すような音につづいて、お島の低い呻《うめ》き声が聞こえた。お島が折檻《せっかん》されているようである。

亀次郎の折檻は執拗《しつよう》だった。その叱責《しっせき》する声には、異様に昂《たかぶ》ったひびきがある。亀次郎は、お島をいたぶることに快感を覚えているのかもしれない。

……何とか、お島を助け出してやりてえ。

玄次は胸の内でつぶやいた。このままにしておけば、お島は亀次郎になぶり殺しにされかねない。それにも増して、玄次が気掛かりだったのは、お島が亀次郎たちの悪事の片棒を担がされていることだった。悪事が露見し、町方に捕らえられれば、お島も一味のひとりとして断罪を受けるはずである。

いっとき、折檻がつづいたようだったが、お島の悲鳴が嗚咽《おえつ》に変わると、肌をたたく音がやみ、

……お島、酒の用意をしろ！

と、亀次郎が怒鳴りつけた。

お島の泣き声が細くなり、立ち上がるような衣擦れの音がした。酒の支度のために流し場にでもむかったのだろう。

玄次は、その場を離れた。これ以上、その場に張り付いて盗み聞きする必要はなかったし、これ以上お島と亀次郎のやり取りを聞きたくなかったのだ。

翌朝、玄次はふたたび彦五郎店に足を運んだ。お島を助け出す前に、亀次郎の跡を尾けて、長屋にいないときの居場所をつきとめ、できれば仲間の住処もつきとめておきたかったのだ。

昨日と同じ東側の棟の角に身を寄せて耳を立てると、お島と亀次郎の声が聞こえてきた。くぐもったような声で内容は聞き取れなかったが、亀次郎が茶を飲みながらお島に何か指示しているようであった。

玄次は亀次郎がいることを確かめると、すぐにその場を離れた。そこに長居すれば、長屋の者に見咎《みとが》められるからである。

玄次は表通りへ出ると借家の角に身を隠し、亀次郎が出て来るのを待った。陽が高くなれば、亀次郎は長屋から出てくると踏んだが、なかなか姿を見せなかった。

午後になり、腹が減ってきた。玄次はそばでも食ってこようかと思い、その場から離れようとした。そのとき、ふらりと亀次郎が姿をあらわした。

……やっと、おでましだぜ。

亀次郎は路地木戸から大川端の通りへ出ると、川下へむかって歩きだした。

玄次も借家の陰から通りへ出た。そして、半町ほどの距離をとって、亀次郎の後を尾け始めた。腹は減っていたが、亀次郎の行き先をつきとめるのが先である。

尾行には気を遣った。それほど人通りのない通りなので、後ろを振り向かれると姿を見られる恐れがあったのだ。

玄次は表店の角や天水桶《おけ》の陰などに身を隠しながら、亀次郎の跡を尾けた。

亀次郎は吾妻橋を渡り、川向こうの本所へ出た。

北本所、竹町。渡し場近くの大川端に、小料理屋があった。まだ、暖簾は出ていなかったが、亀次郎は慣れた手付きで格子戸をあけてなかに入っていった。

……ただの客じゃァねえな。

玄次は大川端の柳の陰に身を隠しながらつぶやいた。

小綺麗な店で、格子戸の脇には籬《まがき》もあった。それとなく近付いて掛行灯を見ると、美乃《みの》屋《や》と記してある。

玄次は近所で聞いてみようと思い、通りに目をやると、小体な下駄屋があった。店先に駒下駄、木履《ぽっくり》、日和下駄《ひよりげた》などが並んでいる。その奥で店の親爺らしい男が、下駄の台に歯をつけていた。

玄次は親爺に袖の下を握らせて、美乃屋のことを訊いた。親爺の話によると、美乃屋には年増の女将《おかみ》と女中がひとり、五十がらみの五助という包丁人、それに十七、八の包丁人見習いがいるという。一年ほど前に、古い店を改装して美乃屋を始めたそうだ。

「店の持ち主は女将かい」

玄次が訊いた。

「いえ、若い遊び人ふうの男でしてね。女将の、これでしょうよ」

親爺は鼻先に小指を立て、口元に卑猥《ひわい》な笑いを浮かべた。

「その若い男だが、亀次郎という名じゃァねえのか」

「さァ、名は知りませんが」

「小太りで眉の濃い男だが」

玄次は亀次郎の容貌を話した。

「その男ですよ」

「やはりそうか」

亀次郎は情婦《いろ》に美乃屋をやらせているらしい。店を買い取った金は、仲間との強請《ゆすり》で手にしたものであろう。

亀次郎はこれまで住んでいた花川戸の長屋にお島を連れてきて住まわせ、自分の情婦に美乃屋をやらせて新しい塒にしているのであろう。

……これで、お島を連れ出せるぜ。

玄次は胸の内でつぶやいた。

美乃屋という隠れ家をつかんでいれば、亀次郎が花川戸の長屋から姿を消しても、身柄を確保することができるのだ。

三

「旦那！　大変だよ、すぐ来ておくれ」

障子のむこうで、お房の甲高い声が聞こえた。

酒を飲んだ後、座布団を並べた上で昼寝をしていた安兵衛は、慌てて身を起こした。お房はひどく慌てているようだった。何かあったらしい。

「どうした、お房」

安兵衛は、かたわらに置いてあった朱鞘の大刀を手にして障子をあけた。

「よ、与野屋さんに」

お房が声をつまらせて言った。

「与野屋がどうした」

「ならず者が、大勢、押しかけたらしいよ」

お房は、早く、早く、と言いながら、階段を下りていった。その後に、安兵衛がつづき

ながら、

「いまも、ならず者たちはいるのか」

と、訊いた。

「いるらしいよ。下に、作次さんが来てるんだよ」

なるほど、土間に作次がいた。顔をこわばらせて、足踏みしながら安兵衛を待っている。

「作次、ならず者は何人だ」

安兵衛は土間へ飛び下りながら訊いた。

「四、五人いやした」

作次は安兵衛の後を追ってきながら、女将さんに旦那を呼んでくるよう言われやした、
と言い足した。

「二本差はいたか」

安兵衛の脳裏を、望月と他のふたりの武士がよぎった。望月や武士がいると、安兵衛ひとりでは追い返せないかもしれない。

「お侍はいねえ」

「そうか」

「次は、おめえだ」

安兵衛は、さらに棒を持っている男に迫った。

ワアアッ、という悲鳴を上げ、男は棒を投げ捨てて奥へ逃れようとした。その背後に、安兵衛は追いすがりざま、袈裟に刀身を振り下ろした。

骨音がし、男が絶叫を上げて前につんのめった。安兵衛の峰打ちが肩口をとらえたのである。男は手から前につっ込むように倒れたが、ヒイヒイと悲鳴を上げながら這《は》って廊下を逃れた。

帳場にいた男はこの様子を見て、障子を蹴破って土間へ飛び下り、戸口から外へ駆けだした。

安兵衛は逃げた男は追わず、刀を引っ提げたまま奥の板場へ走った。そこにも男がふたりいたが、飛び込んできた安兵衛の姿を見ると、

「来やがった！　逃げろ」

ひとりが叫びざま、裏口から外へ飛び出した。もうひとりの男は、手にした丼を安兵衛に投げ付けて裏口へ走った。

安兵衛は戸口まで追ったが、そこで足をとめた。ふたりの男の逃げ足は速かった。追っ

ても追いつけないと思ったのである。ふたりの背が、細い路地の先に遠ざかっていく。

「な、長岡さま……」

板場にいたおれんが、声を震わせて言った。恐怖と興奮とで顔が紙のように蒼ざめ、体が激しく顫《ふる》えている。

「女将、どういうことだ」

安兵衛が納刀しながら訊いた。

「わ、わたしにも、分らないんですよ。突然、男たちが踏み込んできて、店のなかで暴れ出したんですから」

「残っているやつに訊いてみよう」

安兵衛は店の戸口の方へ引き返した。

帳場の脇の廊下に、ひとりだけ男が残っていた。脇腹を押さえたままうずくまり、低い唸《うな》り声を洩らしていた。もうひとりの肩口を強打された男は逃げ出したらしい。

「おい、顔を上げろ」

安兵衛は男の顎《あご》に手をやって、顔を自分の方へむけさせた。

男は苦痛に顔をしかめていた。血の気が失せ、脂汗が額に浮いている。

「おめえの名は」

安兵衛が訊いたが、男は顔をしかめたまま押し黙っている。

「この場で斬られても、文句は言えねえはずだ。しゃべらねえなら、首をたたっ斬ってやるぜ」

安兵衛は刀を抜いて、刀身を男の首筋に当てた。

「しゃ、しゃべる……」

男は震え上がった。

「もう一度訊く、おめえの名は」

「仙造《せんぞう》だ」

「それで、仙造、与野屋に恨みでもあるのか」

「恨みはねえ」

「なぜ、店を壊すような真似をしたんだ」

「頼まれたんだ」

仙造によると、与野屋に押し込んだ五人は、賭場で知り合った仲間だという。一昨日、仙造たちは、元鳥越町にある賭場で博奕に負け、近くの一膳めし屋で飲んでいると、町人と武士がそばに腰掛け、与野屋に遺恨があるので、店のなかで暴れてくれれば礼をする、と言って五両の金を出した。

ひとり一両だった。博奕で負けた五人には喉から手が出るような金だったので、二つ返事で引き受けたという。

「武士は、牢人か」

安兵衛の頭に望月のことが浮かんだ。

「いや、牢人じゃァねえ。御家人ふうだった」

仙造の話だと、羽織袴で二刀を帯びていたという。

「どんな男だった」

なおも、安兵衛が訊いた。

「なりがでかく、目のギョロリとしたやつで、歳は三十四、五に見えやした」

男がそう言ったので、安兵衛は後ろにいるおれんを振り返って、

「女将さん、店に因縁をつけた武士じゃァねえかい」

と、訊いた。

「ひとりは、その男かもしれません」

おれんは、顔をこわばらせて言った。

「仙造、もうひとりの町人の名は」

「分らねえ」

「人相を言ってみろ」

「ずんぐりした男で、毛虫みてえな眉をしてやした」

「亀次郎だ」

安兵衛は、亀次郎たちが仕掛けた強請の一環らしいと察知した。それにしても執拗である。おれんも、事情が分ったらしく、困惑したように顔をしかめて口をつぐんだ。

安兵衛が黙ったのを見て、仙造は、

「あ、あっしは、帰らせていただきやすぜ」

と言って、脇腹を押さえて立ち上がった。

「二度と、こんな真似をするんじゃァねえぞ。次は、その首をたたっ斬ってやるからな」

安兵衛はそう言っただけで、見逃してやった。町方に、引き渡すと却って面倒になると思ったのである。

四

亀次郎たちの強請は、それで終わらなかった。ただ、与野屋でも笹川でもなく、浅草の別の店に魔手が伸びたのである。

与野屋にならず者が押しかけて、店を壊してから十日ほど経った午後、ぼてふりの仕事を終えた又八が、笹川に顔を出し、安兵衛を前にして、

「旦那、妙な話を聞き込んだんですがね」

と、話を切り出した。

「妙な話とは」

安兵衛が訊いた。

「喜桜閣が脅されてるようですぜ」

「相手は」

「武家がひとり、それに亀次郎らしいんで」

「やつら、喜桜閣にも手を出しゃァがったか。それで、何を種に脅してるんだ。また、料理に毛でも入ってたと因縁をつけたのか」

安兵衛が伝法な物言いで訊いた。

「それが、喜桜閣の帰りに斬り殺された竹本という武士の供養料を出せ、と言ってるそうですぜ」

又八が口をとがらせて言った。

「竹本が殺されたのは、喜桜閣のせいではないぞ。それに、亀次郎たちは竹本と何のかかわりもあるまい」

「くわしいことは、知りませんがね。武家の方は、竹本が奉公していた鳴瀬家の縁者だと言ったそうですぜ。それに、亀次郎たちは、喜桜閣で駕籠《かご》も呼ばずに竹本をひとりで帰したからこんなことになったんだ、と言い張ってるそうで」

「とんだ、言いがかりだな」

「まったくで」

「まァ、やつらにすれば、脅しの種など何でもいいんだろうよ。それで、喜桜閣には、いくら出せと言ってるんだ」

他店のことだが、安兵衛は腹立たしくなってきた。そもそも、竹本を斬ったのも亀次郎たちの一味かもしれないのだ。

「五百両だそうで」

又八が目を剝《む》いて言った。

「また、ふっかけやがったな。それで、喜桜閣では、その金を出したのか」

「あるじの蔵十郎《くらじゅうろう》は十両だけ出して、何とかその場を引き取ってもらったそうですが、亀次郎が乗り込んできて、残りの四百九十両を出せと凄んだそうでしてね」

「与野屋の手口と同じだな。……それで、亀次郎は金を出さなければ、どうすると言ってるんだ」

「蔵十郎の命はないし、店も与野屋のようにぶち壊すそうで」

「そうか。喜桜閣の脅しに使うためもあって、与野屋に押しかけたのだな」

同じ町内ではないが、浅草の内なので与野屋のことはすぐに喜桜閣に伝わるだろう。

「喜桜閣は、町方に知らせる気はないのか」

「ねえようですぜ。与野屋では万次郎が殺され、押し込んで店を壊されてやすからね。あるじも、ただの脅しじゃァねえと思ったらしいや」

「やつらの脅しが、他の店にも利いてるわけか」

「喜桜閣は、震え上がっていやすよ」

「まァ、そうだろうな。それにしても、又八、やけにくわしいじゃァねえか」

又八は、一部始終をよく知っていた。町の噂を耳にしただけではないようだ。

「喜桜閣で、包丁人の見習いをしてる佐平《さへい》ってえやつと、懇意にしてやしてね」

又八が得意そうな顔をして言った。どうやら、佐平から聞き出したらしい。

「喜桜閣もとんだ災難だな」

「それで、旦那、どうしやす」

「どうするって、何を？」

「喜桜閣ですよ。放っておくんですかい」

又八が勢い込んで言った。

「おれは、町方ではないぞ。それにな、おれは厄介な荷を背負い込んでいるんだ」

安兵衛は、兄の依之助から頼まれている鳴瀬家のことがあった。二十五両もの大金をもらっているので、放ってはおけないのだ。

「鳴瀬家のことですかい」

「そうだ。又八、何か分ったか」

安兵衛は又八にも事情を話し、鳴瀬家を脅している者を探るよう頼んでおいたのだ。もっとも、ぼてふりをしながら何か噂を聞き込んだら話してくれとだけ言ってあったので、あまり期待はしていなかった。

「それが、まだ何も分かっちゃァいねえ」

又八はあっさりと言った。

安兵衛は、やはり自分が動かねば駄目だな、と思い、視線を膝先に落としたとき、

……鳴瀬家の強請も亀次郎たちかもしれねえ。

と、思った。亀次郎たちは竹本のことにやけにくわしかったし、武士がいっしょだったというのも似ているのだ。ただ、大店《おおだな》の主人らしい恰幅《かっぷく》のいい男だけは、鳴瀬家しか姿を見せていない。

「武士は、鳴瀬家の縁者と言ったのだな」

安兵衛は念を押すように訊いた。

「へい、佐平はそう言ってやした」

「佐平に、会えるか」

安兵衛は、佐平から強請られたときの様子をくわしく聞きたいと思った。亀次郎たちと鳴瀬家を強請った男たちが、同じ一味かどうか確かめたかったのである。

「旦那、すぐ呼んできやすぜ」

又八は身を乗り出して言った。

「待て、ここに連れて来なくともいい。土鍋屋《どなべや》はどうだ」

土鍋屋は駒形町にある小体な料理屋で、うまい柳川鍋を食わしてくれる。安兵衛はふところの温いときに、土鍋屋の柳川鍋で一杯やることがあったのだ。

「ごちになりやす」

そう言い置くと、又八は勢いよく戸口から飛び出していった。

半刻（一時間）ほどして、安兵衛は土鍋屋の座敷で又八の連れてきた佐平と顔を合わせた。佐平は安兵衛が注いでやった猪口の酒を飲み干すと、

「旦那のことは、又八から聞いておりやす」

と、殊勝な顔をして言った。

二十歳前後、色の白いひょろりとした男だった。手ぬぐいを首にかけ、首をすくめるようにして安兵衛の前に座っている。

「そう気を遣うな。与野屋のことは聞いているだろう。できることがあれば、喜桜閣さんの役に立ちたいと思ってな」

安兵衛は、鍋の泥鰌《どじよう》とささがき牛蒡《ごぼう》を箸《はし》でつまみながら、

「おまえたちも、食ってくれ」

そう言って、泥鰌と牛蒡を口に運んだ。泥鰌も牛蒡もよく煮えていて、ダシ汁の味が染みてうまかった。

「それで、武士の顔を見たのか」

安兵衛は佐平が、鍋に箸をつけるのを見ながら訊いた。

「へい、座敷の騒ぎが板場にも伝わっていやしたんで、どんな野郎かと思い、店から出るとき裏からまわって顔を見やした」

「人相を話してくれ」

安兵衛は、まず与野屋を強請った男と同じかどうか確認しようと思った。

「たしか、大柄で目が大きかったような気がしやす」

佐平がそのときの様子を思い出しながら話した。箸が虚空にとまったままである。

「御家人ふうか？」

「へい」

佐平がうなずいた。

「まちがいない、与野屋と同じ武士だ」

おれんから聞いていた大柄な武士と容貌がそっくりである。

「ところで、大川端で殺された竹本次左衛門だが、殺される前に喜桜閣でだれかと会っていたな」

竹本は鳴瀬家を強請っていた者と談判するために喜桜閣に来ていたのである。

「へい、そう聞いておりやす」

「だれと会っていたか、分かるか」

「名は分りやせんが……」

その日、竹本と同席したのは武士がふたりと町人体の男だという。

「店に強請に来た大柄な武士が、いたのではないか」

「あっしは板場にいやして、竹本さまといっしょにいた客の顔は見てねえんで」

佐平が首をひねった。

「店の者に、どんな男か聞いてないのか」

「そう言えば、お峰《みね》さんが身装《みなり》はちがってたが、ひとりは亀次郎と店を強請に来た大柄な男とそっくりだと言ってやしたぜ」

佐平は又八から聞いたのか、亀次郎の名を知っていた。お峰というのは、その夜、竹本たちの座敷に酌についた座敷女中だという。

「やはり、そうか」

となると、鳴瀬家を強請った一味のなかにも、同じ大柄な武士がいたと見ていいようである。鳴瀬家も与野屋も喜桜閣も同じ一味の強請にちがいない。

いまのところ一味のことで分かっているのは、亀次郎、望月、大柄な武士、痩身で顎《あご》のとがった武士の四人である。それに、鳴瀬家にあらわれた恰幅のいい商家の旦那ふうの男がいるが、その男のことはまったくつかめていない。

「それで、竹本と会った町人体の男だが、亀次郎なのか」

安兵衛が声をあらためて訊いた。

「ちがいやす」

佐平がはっきりと言った。

「ちがうだと。そいつが、だれか分かるか」

「名は分らねえ。これもお峰さんから聞いたことだが、大柄な武士が、繁田屋《しげたや》と呼んでたそうですぜ」

「繁田屋だと」

初めて聞く店の名だった。

「へい、大店の旦那ふうだったそうで」

佐平がお峰から聞いたことによると、繁田屋と呼ばれた男は四十がらみの恰幅のいい男で、終始穏やかそうに笑みを浮かべていたという。

「そいつだ」

思わず、安兵衛の声が大きくなった。鳴瀬家にあらわれた男である。どうやら、竹本との談判のために喜桜閣にも姿をあらわしたようだ。

どうやら、強請一味は繁田屋と呼ばれる男もくわえて、都合五人とみていいようだ。

安兵衛は、容易ならぬ相手だと思った。店の弱みに付け込んで十両、二十両の金を要求するけちな強請ではない。やくざ者や無頼牢人が、遊び仲間とつるんだ一味ともちがう。それに、やることが大掛かりだった。性根の据《す》わった悪党連中が手を組み、老舗《しにせ》の料理屋や旗本から、数百両から千両もの金を脅し取ろうとしているのである。それも、次々に手をひろげていくのだ。

五

湯島天神の門前近くに喜久屋《きくや》という料理屋があった。喜久屋の二階の座敷で、安兵衛は鳴瀬家の者が来るのを待っていた。

いっときすると、階段を上ってくる足音がして障子があいた。

顔を見せたのは、三十代半ばと思われる武士である。粗末な拵《こしら》えだが、羽織袴姿で二刀を帯びていた。

「長岡安兵衛どので、ござろうか」

武士が慇懃《いんぎん》な口調で訊いた。

「いかにも」

「それがし、青木又四郎《あおきまたしろう》ともうします」

青木は大刀を鞘ごと抜き、右手に持って座敷に入ってきた。

「ご足労を、おかけいたします」

安兵衛は対座した青木に頭を下げた。

安兵衛が長岡家へ出向き、兄の依之助から鳴瀬家の事件を内々に始末するよう依頼されて、十日ほど経っていた。この間、喜桜閣が同じ一味と思われる者たちに強請られたこともあって、安兵衛は鳴瀬家を強請った相手の子細を知りたいと思った。そこで、あらためて長岡家へ足を運び、依之助に鳴瀬家の強請の子細を聞きたい旨を伝え、事情を知る者に会えるよう手筈をととのえてくれと頼んだのだ。

依之助は、安兵衛に隠密に事件に当たるよう念を押した上で承知した。依之助も、事件の子細を知らなければ、内々に始末するのもむずかしいと思ったようである。

そして、昨日、榎田が笹川に顔を出し、明日、鳴瀬家の家士と会えるよう手配したので、湯島の喜久屋に来るように、と伝えたのである。

「御目付の長岡さまの配下の方とか？」

青木が訊いた。

どうやら、依之助は安兵衛のことを弟ではなく、配下の者と話したようだ。安兵衛が長岡家とかかわりのあることを伏せておきたかったからであろう。

「さよう、長年、長岡さまに仕えております」

安兵衛は、依之助の配下になるつもりはなかったが、二十五両に免じて適当に話を合わせておいた。

そんな話をしているうちに、店の女中がふたり分の酒肴の膳を運んできた。

「まずは一献」

安兵衛が銚子を取った。

杯の酒を飲み干した青木は、すぐに銚子を取り、

「それがしからも」

と言って、安兵衛の杯に酒をついだ。

いっとき、ふたりで酌み交わした後、安兵衛が、酔う前に聞いておきたいのだが、と前置きして、

「屋敷にあらわれたのは、三人でござるな」

と、話を切り出した。

「いかにも、それがしは殿や竹本さまと同座しましたので、三人のことは承知しております」

青木が声をあらためて言った。顔がこわばっている。主家の大事とあって、緊張しているようだ。

「三人の名は分りますか」

まず、三人が何者なのか確かめねばならない。

「ふたりの武士は、加賀中右衛門《かがなかえもん》、水戸上右衛門《みとかみえもん》と名乗っていましたが、偽名でございましょう。屋敷の近くに加賀前田家と水戸家の上屋敷がございますので、咄嗟《とっさ》に思いついたにちがいありません」

青木の顔に怒りの色が浮いた。見え透いた偽名に、主家が愚弄されたように感じたのであろう。

「ふたりの風体は」

「ひとりは大柄で、目のギョロリとした男でした。もうひとりは痩身で面長。顎がしゃくれておりました」

「やはりそうか」

与野屋と喜桜閣を強請った者たちである。

「もうひとりは？」

安兵衛がさらに訊いた。

「やはり、名は分りませぬが、町人体で恰幅のいい大店の主人のような男でした」

「やはり、繁田屋か」

安兵衛がつぶやいた。どうやら、大身の旗本の屋敷に乗り込んで強請るときは、繁田屋がくわわっているようだ。遊び人ふうの亀次郎では、相手に軽く見られるからであろう。

「ところで、鳴瀬さまは何を種に脅されたのです」

安兵衛は、依之助から、鳴瀬の隠し子が悪事に荷担したことを種に強請られたと聞いていたが、それだけではないような気がした。

「そ、それは……。殿に、吉之助《きちのすけ》さまという隠し子がおられ、賭場で博奕をしたことが咎められました。それが、露見しますと、鳴瀬家の恥になりますもので……」

青木は言いにくそうに言葉を濁した。

鳴瀬の隠し子が吉之助で、博奕をして町方に捕らえられたことは分ったが、その件で鳴瀬家が脅されたとは思えなかった。すでに吉之助は処罰され、町方も出自までは問題にしなかったはずである。

「それだけでは、ござるまい。青木どの、竹本どのは斬り殺されているのですぞ。それに、このままにすれば、相手はつけ上がってさらに高額をふっかけてくるかもしれませんよ」

安兵衛が言った。

「……実は、鳴瀬家の恥では、すまされないことがござって」

青木は困惑したように顔をしかめて口ごもった。

「青木どの、此度《こたび》の件は鳴瀬家がおもてに出ぬよう、ひそかに始末するよう指示されております。それがしの口から、鳴瀬家の秘事が露見することはござらぬ」

安兵衛が語気を強めてうながすと、

「此度の強請一味に、吉之助さまもくわわっているようなのです」

青木が声をひそめて言った。

「なに、鳴瀬さまの隠し子が一味に！」

思わず、安兵衛の声が大きくなった。

「屋敷に乗り込んできた一味が、吉之助さまは仲間のひとりで、日本橋室町《むろまち》の呉服屋、田《た》原屋《はらや》から三百両の金を脅し取っていると言うのです。しかも、店に乗り込んだ際、吉之助さまが鳴瀬家の名を出したようなのです。……幸い、田原屋は事件を秘匿しておりますが、これが町方に知れ公儀にまで伝われば、鳴瀬家はつぶされましょう」

そう言って、青木が苦渋に顔をしかめた。すでに亀次郎たちは、田原屋から金を脅し取っていたらしい。その強請に、吉之助もくわわっていたというのだ。

「うむ……」

難しい事件である。強請一味の隠れ家を嗅《か》ぎ出しても、いまのままでは町方に知らせて一味を捕縛させることはできない。その前に、吉之助を一味から引き離し、鳴瀬家に累が及ばないように手を講じなければならないだろう。

「いずれにしろ、吉之助どのの所在をつかまねばならぬな」

「われらにも、吉之助さまの行方は分っておりませぬ」

青木によると、吉之助の母親はお富《とみ》という柳橋の料理茶屋の座敷女中で、当時贔屓《ひいき》にしていた鳴瀬の子を身籠《みご》もって産んだという。

鳴瀬はひそかにお富を囲い、借家で吉之助を育てさせたが、五年ほど前にお富は風邪をこじらせて死んでしまった。

そのとき、十三歳だった吉之助は父親である鳴瀬の日頃の不実を恨み、借家を出たまま行方が分らなくなったという。

話し終えた青木は安兵衛を直視し、

「安兵衛どの、青木家は親の代から鳴瀬さまにお仕えし、竹本さまにも世話になっておりました。……それがしにできることがあれば、何なりと申付けてくだされ」

と、絞り出すような声で言い添えた。

「何はともあれ、吉之助どのの行方をつきとめることが大事。どうであろう、借家を出た後の吉之助どのをたどり、所在をつきとめてはいただけぬか」

青木なら当時の様子が分っているので、吉之助の後をたどりやすいだろう。

「心得ました」

青木が目をひからせて言った。

六

玄次は腰高障子に耳を近付けた。お島がいるかどうか、確かめるためである。

この日、玄次は以前張り込んだ借家の角から彦五郎店の路地木戸を見張り、亀次郎が長屋を出たのを確かめてから、お島の住む家の前へ来たのである。

……いるぜ。

家のなかで、水を使う音がした。土間の流し場にいるらしい。お島とみていいだろう。

玄次は腰高障子をあけた。

お島は土間の隅の流し場にいた。背をむけ、小桶のなかで何か洗い物をしていた。

障子をあける音に気付いたらしく、お島が振り返った。

「お島、おれだよ」

そう言って、玄次は微笑みかけた。

「お、親分……」

一瞬、お島は驚いたように目を剝いたが、すぐに困惑の表情に変わった。小桶のなかに手をつっ込んだまま身を硬くしている。

お島はさらにやつれ、生気がないように見えた。長い睫《まつげ》が、目を翳《かげ》のようにおおっている。耳朶《じだ》の下から頰にかけて青痣《あざ》があり、痛々しかった。亀次郎に頰をはられた痕《あと》らしい。

ただ、間近で見るお島の顔には、出会ったころの面影があった。すっきりした鼻筋や形のいいちいさな唇には、女らしい色香が残っている。

「おめえに話があるんだ。ここに来て、腰を下ろさねえか」

玄次はおだやかな声で言って、上がり框《かまち》に腰を下ろした。

お島は戸惑うような顔をしたが、仕方なさそうに流し場から離れ、濡《ぬ》れた手を前だれで拭《ふ》きながら玄次のそばに腰をかがめた。

「おめえが、ここでだれと暮らしてるか、知ってるぜ」

「……」

お島は口をひらかなかった。土間に視線を落としたまま凝《じっ》としている。顔に苦悶の翳が張り付いていた。

「亀次郎に言われて、おめえが何をしてるかも分かってる。橘屋の次に喜桜閣を探り、亀次郎に知らせていたんだな」

玄次がそう言うと、ふいにお島が玄次に顔をむけ、

「お、親分、あたし、亀次郎には逆らえないんだよ」

と、絞り出すような声で言った。

「おふくろの病気の薬代に、金を借りたんだろう。いくらだい」

「十両だけど、利息がかさんで三十両にもなってるんです。どんなことをしても、あたしには三十両の金は都合できないんですよ」

お島は投げやりな口調で言った。

「また、高え利息だな」

「そのときは、何とかおっかさんに薬を飲ませてやろうと、利息のことまで考えなかったんです」

「だがな、お島、もう亀次郎の言いなりになるこたァねえぜ。おめえは、亀次郎のために、

三十両以上の金を稼いで渡してるんだからよ」

事実、亀次郎たちは与野屋や喜桜閣から多額の金を脅し取っているが、その脅しの裏にはお島が聞き込んできた情報も生かされているにちがいない。

「………」

お島は、驚いたような顔をして玄次の顔を見た。自分の探ったことが、亀次郎たちの悪事に利用されていることは分っていただろうが、何人もの悪党が組んで多額の金を脅し取ろうとしていることまでは知らないようだ。

「それによ、早く亀次郎と縁を切らねえと、おめえもお縄になっちまうぜ」

「お縄に……」

お島の顔が恐怖にゆがんだ。

「お島、ここから出るんだ」

玄次が声を強くして言った。

「あ、あたし、亀次郎から逃れられない」

お島は震えを帯びた声で言った。

「おれが、亀次郎との縁を切ってやる」

玄次は場合によっては、ひそかに亀次郎を始末してもいいと思っていた。

「でも、親分、あたし、行き場もないし……」

お島は視線を落として、泣き出しそうな顔をした。その顔には、玄次の知っている女らしい表情があった。

「おめえが、嫌でなかったら、おれのところへ来い」

思わず、玄次はそう言ってしまったが、胸のどこかに、前からお島さえよければ、女房にしてもいいという思いがあったことに気付き、言い直さなかった。

「お、親分……」

お島は、喉のつまったような声でそう言い、食い入るような目で玄次の顔を見つめていたが、急に視線を落として眉宇《びう》を寄せ、

「あ、あたしの体は、汚れてるんだよ。親分といっしょになんかなれやァしないよ」

と、声を震わせて言った。

「そんなこたァねえ。おめえの体は汚れちゃァいねえ」

「あたしが、何をしてきたか知ってるでしょう」

お島が視線を落として言った。

「みんな、母親のためにしたことだ。おめえの体はむかしの綺麗なままさ。それに、おれも、似たようなもんだ。もう、親分なんかじゃァねえしな」

大道で子供相手に蝶々の玩具を売っている身である。

「で、でも……」

お島は迷っているふうだった。むかしから、お島は気がやさしく、なかなか踏ん切りのつかないところがあった。そうした弱みに、亀次郎はつけいったのであろう。

「おれが嫌えなら、あきらめるが」

玄次がそう言うと、お島はふいに玄次に身を寄せ、

「ちがう、ちがうよ。あたしも親分のこと……」

そこまで言って、急にお島は言葉につまった。

「汚え長屋だが、ここよりましだ」

「……」

お島のこわばっていた顔にほのかな赤みが差したように見えた。

「さァ、おれといっしょに来い」

玄次は強いひびきのある声で言った。

すると、お島はコクリとうなずき、さらに顔を赤くして顔を伏せるように下をむいてしまった。

七

お満は銚子を手にすると、こまっしゃくれた口をききながら、安兵衛の杯に酒をついでくれた。

料理屋に生まれたお満は、母親のお房や女中のお春などが客に酌をするのを連日のように見ている。門前の小僧何とかで、教わらなくとも銚子を手にして酒をつぐ所作は様になっている。

「とんぼの小父ちゃん、一杯、どうぞ」

「おお、すまんな。お満のつぐ酒は、ことのほかうまいぞ」

安兵衛はそう言って、杯をかたむけた。

笹川の二階の布団部屋である。店に客が入って忙しくなる前に、お房が安兵衛のために酒肴の膳を運んでくれたのだ。

安兵衛が手酌で飲んでいると、母親が店に出たためひとりになったお満が、遊び相手を求めて安兵衛の部屋へ顔を出したのである。

「お満も、早く酒が飲めるようになるといいんだがな」

「あたし、お酒は嫌い。顔がぽっぽするんだもの」

お満は、顔をしかめて首を横に振った。

どうやら、酒に懲りた経験があるらしい。いたずらして板場で飲んだか、心ない客にすすめられて飲んだかしたのだろう。

「お満、眠くなったら言うんだぞ。小父ちゃんが、いっしょに寝てやるからな」

「うん」

お満がそう言って、うなずいたときだった。

店の表の方で、男の怒号とともに格子戸をたたき壊すような激しい音がし、女の悲鳴が聞こえた。

つづけて、男の怒鳴り声がし、何か投げ付けた物が廊下を転がる音がした。何者かが店に押しかけ、暴れているようだ。

「お満、ここにいろ」

安兵衛は、かたわらに置いてあった朱鞘の大刀を手にして布団部屋を飛び出した。

階段を駆け下りると、三人の男が目に入った。土間にひとり、客のいる座敷につづく廊下にひとり、帳場の前にひとりいた。いずれも遊び人ふうの男で、土間と廊下にいるふたりは六尺棒を手にして、障子や格子戸などをたたき壊していた。お房は、帳場の長火鉢の陰に身を隠して悲鳴を上げている。

「やろう、たたっ斬ってやる！」

安兵衛は抜刀して、廊下にいる男に走り寄った。憤怒に顔が赭《あか》く染まっている。

「逃げろ！　極楽野郎だ」

叫びざま、廊下にいた男が手にした六尺棒をいきなり安兵衛に投げ付けた。

安兵衛は刀身を払った。

戛《かつ》、と乾いた音がひびき、六尺棒が撥ね飛んだ。

その一瞬の隙をついて、男は安兵衛の脇をすり抜けて土間へ飛び下りようとした。なかなか敏捷《びんしょう》な動きである。

「逃すか！」

安兵衛は、逃げる男の肩口へ袈裟に斬り下ろした。

ワッ、と叫び声を上げ、男がのけ反った。肩口から背にかけて着物が裂け、肌に血の線がはしった。だが、男は足をとめず、喉の裂けるような悲鳴を上げて土間へ飛び出し、そのまま表へ駆け出した。その背はすぐに血に染まったが、それほどの深手ではなかったようだ。

この間に、土間にいた男と帳場にいた男も表へ飛び出していた。

安兵衛も土間から表へ走り出た。表通りを大川の方へ逃げていく三人の男の背が見えた。見る間に、その背が夜陰のなかに消えていく。

「ちくしょう、逃げられたか」

安兵衛は刀を納めて店へもどった。

たいした被害ではなかった。入口の格子戸と帳場に出入りする障子が壊され、廊下に握りめし大の石がふたつ、転がっているだけだった。石は六尺棒を持っていなかった男が持ち込んだものであろう。

「だ、旦那、怪我はないかい」

近寄ってきたお房が、声を震わせて言った。白蠟《はくろう》のように顔が蒼ざめている。

「おめえは、どうだ」

安兵衛は、お房の顔と体に視線をまわした。恐怖に色を失っているだけで、怪我をした様子はなかった。

「あ、あたしは、大丈夫だよ」

「亀次郎たちの嫌がらせだな」

おそらく、店に押し込んだ三人は、亀次郎たちに金で買われたにちがいない。捕らえても、役にはたたないだろう。

「旦那、どうしようねえ。これで、二度目だよ」

お房が困惑したように言った。

お房の言うとおり、亀次郎たちの笹川に対する嫌がらせは二度目だった。五日前、何者かが天秤《てんびん》で担いできた桶に入った糞尿《ふんにょう》を店の戸口に撒《ま》いて逃げたのだ。料理屋だけに、その後始末が大変だった。その日は店を休みにし、お房をはじめ店の者総出で水で流したり拭《ふ》き取ったりして、やっとのことで店をひらいたのである。

「何とか手を打たねえとな」

このまま手をこまねいていたら、亀次郎たちの思う壺《つぼ》である。亀次郎たちの狙《ねら》いは、笹川に対する嫌がらせだけではなかった。安兵衛を店に張り付けておくためもあったのだ。

ここ五日の間に、亀次郎と大柄な武士が喜桜閣にあらわれて主人の蔵十郎を脅し、店にあった有り金七十両をすべて持ち去ったという。むろん、それだけでは済まず、十日のうちに残金の四百二十両を取りに来ると言い置いて帰ったそうである。

「お房、しばらく、又八に頼んで店の周囲に目を配ってもらうことにしよう」

そうすれば、店に手を出す前に相手を押さえることができるかもしれない。ただ、そうなると、安兵衛はさらに笹川から出られないことになる。

……そうか、笑月斎に頼むか。

嫌がらせに備えて笹川に居てもらうのは、笑月斎が適任である。

翌日、安兵衛はさっそく三間町に足を運んだ。

まだ、五ツ（午前八時）を過ぎたばかりだったので、笑月斎も妻のくめも長屋にいた。安兵衛は妻女の手をわずらわせるのが嫌だったので戸口からくめに挨拶《あいさつ》し、笑月斎に外へ出てくるよう目配せした。

「どうした、こんなに早く」

土間の下駄をつっかけて、笑月斎が出てきた。

「おぬしに、頼みがあってな」

そう言って、安兵衛はぶらぶらと路地木戸の方へ歩きだした。腰高障子の前で話せば、戸口にいる妻女に筒抜けになるだろう。

「なんだ、頼みとは」

笑月斎は安兵衛の後に跟《つ》いてきた。

「その前に、どうだ、亀次郎と望月の塒《ねぐら》が分ったか」

安兵衛は、ふたりが賭場にあらわれたら尾行して塒をつかんでくれ、と笑月斎に頼んでおいたのだ。

「いや、その後、ふたりの顔を見ておらんな」

笑月斎は平然として言った。

「そうか」

安兵衛は気落ちしなかった。初めから期待していなかったのである。

「ところで、おれに頼みとは何だ」

通りへ出る路地木戸の前で、笑月斎が足をとめて訊いた。

「いい仕事があるが、やる気はないか。料理屋の酒と肴付きで、ただ横になっていればいいのだ」

安兵衛は笑月斎と肩を並べて立ちどまった。

「そんな仕事があるのか」

「ある、笹川の用心棒だ」

安兵衛は、亀次郎たちの店への嫌がらせを話し、おれの代わりに店にいてくれ、と言い添えた。

「なぜ、おぬしがやらぬ」

「おれが笹川に籠っていたら、いつまで経ってもやつらを始末できんだろう」

「なるほど、分った。やろう」

笑月斎はニンマリと笑った。酒肴付きが利いたらしい。

第四章　御家人くずれ

一

大川の水面に茜《あかね》色の残照が映り、燃えるようにかがやいていた。その川面を猪牙舟《ちょきぶね》や屋根船などがゆっくりと上下している。

玄次は北本所、竹町の大川端にいた。柳の陰から美乃屋の店先に目をやっていたのだ。背後で、大川の流れが川岸の石垣を打つ単調な水音が絶え間なく聞こえていた。風のない静かな夕暮れ時である。

玄次がお島を自分の長屋に匿《かくま》うようになって、五日経っていた。その後、二度花川戸町の彦五郎店に行ってみたが、亀次郎は家にいなかった。長屋の住人にそれとなく訊《き》くと、亀次郎はお島が長屋から姿を消した後一度来ただけで、その後はまったく姿を見せていないという。

亀次郎はお島が逃げたと見たか、何者かがお島を連れ去ったと見たのか。いずれにしろ、お島の所在が知れるまで、亀次郎は彦五郎店に寄り付かないのではないかと、玄次は踏んでいた。

そこで、新しい隠れ家でもある美乃屋を見張り、亀次郎の所在を確かめてから、安兵衛に知らせようと思ったのである。

玄次がこの場に来て、半刻（一時間）ほど経っていた。美乃屋の店先に暖簾《のれん》が出ていたが、まだ客はないらしくひっそりとしていた。

大川端の通りには、ぽつぽつと人影があった。早終いした出職の職人やぼてふりなどが迫り来る夕闇《やみ》に急かされるように足早に通り過ぎて行く。

そのとき、玄次は美乃屋の戸口へ近寄って行く若い男に気付いた。

……亀次郎じゃァねえ。

まだ十七、八と思われる色白で痩身《そうしん》の男だった。棒縞の着物に角帯。裾高に尻っ端折りしている。遊び人ふうだった。

男は慣れた手付きで、美乃屋の暖簾を分けて格子戸をあけた。

玄次は樹陰から通りへ出ると、通行人を装って店先に近寄った。店に入った若い男は、客ではないようだった。それで、店の者とのやり取りを聞いてみようと思ったのである。

店のなかで、吉《きち》さんかい、という女の声が聞こえ、すぐに男が、へい、と答えた。つづいて、料理の支度をしておくれよ、と女が言った。

思ったとおり、男は客ではなかった。以前近所で聞き込んだとき、十七、八の包丁人見習いがいると聞いていたが、その男であろう。店内から聞こえた女の声は、女将《おかみ》にちがいない。

それだけ確認すると、玄次はまた柳の陰へもどって店先を見張り始めた。亀次郎の所在をつかむのが張り込みの目的だったのである。

それから小半刻（三十分）ほどすると、暮れ六ツ（午後六時）の鐘の音が聞こえた。その鐘の音が合図でもあったかのように、吾妻橋の方から歩いてくる亀次郎らしい人影が見えた。

……来たぜ！

まちがいなかった。亀次郎である。

亀次郎は、足早に美乃屋へ近付いていった。子持縞《こもちじま》の着物を着流し、雪駄履きである。

亀次郎は店先で足をとめると、通りの左右に目をやってから暖簾をくぐった。

……やはり、ここを塒《ねぐら》にしているようだ。

と、玄次は思ったが、すぐにその場を離れなかった。亀次郎が店にとどまるかどうか確認しようと思ったのである。

しばらくすると、辺りがだいぶ暗くなってきた。小店の主人らしい男につづいて、ふたり連れの大工が店に入った。客らしい。

ふたり連れの大工が入っていっときしたとき、ひとりの武士が暖簾をくぐった。大柄な御家人ふうの武士である。

……亀次郎の仲間かもしれねえ。

と、玄次は思った。

安兵衛から、与野屋を襲ったふたりの武士の体軀《たいく》や風貌《ふうぼう》を聞いていたのだ。

さらにいっときすると、総髪の牢人があらわれた。黒鞘《くろざや》の大刀を一本、落とし差しにしている。長い総髪が、顔の両頰をおおっていた。両腕をだらりと垂らし、飄然《ひょうぜん》と歩いてくる。

……やつは死神だ！

玄次はすぐに察知した。

死神と恐れられている望月十三郎にちがいない。玄次は望月に会ったことはなかったが、身辺にただよっている陰湿で酷薄な雰囲気から、望月にちがいないと見たのである。それに、髪で両頰をおおっているのは安兵衛に斬り落とされた右耳を隠すためではないかと思った。

望月は慣れた手付きで暖簾を分けて店に入っていった。

この店は強請《ゆすり》一味の密会の場になっているのではないか、と玄次は気付いた。

それから一刻（二時間）ほど粘ると、武士と望月が連れ立って店を出てきた。玄次はふたりの跡を尾《つ》けなかった。この店が一味の密会場所と分かれば、いつでも尾けられるし、今夜の狙《ねら》いは亀次郎の塒を確かめることだったのである。

さらに、玄次は樹陰から店先を見張ったが、亀次郎は店から出てこなかった。今夜はこのまま店にとどまるようだ。ここが、亀次郎の塒と見ていいだろう。

翌朝、玄次は笹川に足を運んだ。まず、亀次郎のことを安兵衛に知らせておこうと思ったのである。

「玄次か、まァ、腰を下ろしてくれ」

安兵衛は玄次をあいている二階の座敷へ連れていき、お房に茶を頼んだ。

お房が淹《い》れてくれた茶をすすったところで玄次は、

「旦那、亀次郎の塒をつかみやしたぜ」

と言って、これまでの経緯をかいつまんで話した。

ただ、お島のことは伏せておいた。隠すつもりはなかったが、すこし落ち着いてから話そうと思ったのである。

「さすが、玄次だ」

安兵衛が声を上げた。

「それで、旦那の方はどうです」

玄次が訊《き》いた。

「こっちも、いろいろあってな」

安兵衛は、まず鳴瀬家が同じ一味に強請《ゆす》られていることを話し、鳴瀬の隠し子の吉之助を見つけ出して一味の手から引き離さないと、鳴瀬家がつぶされる恐れがあることを言い添えた。

「旦那は、鳴瀬さまに何か恩でもあるんですかい」

玄次が訝《いぶか》しそうな顔をして訊いた。安兵衛が、鳴瀬家に肩入れしていると感じたからであろう。

「い、いや、恩などないのだが、兄に頼まれてな。屋敷が近いこともあって、兄は鳴瀬家と昵懇《じっこん》のようなのだ」

安兵衛は、二十五両のことが口から出かかったが思いとどまった。

「そういうことなら、しばらく亀次郎を泳がせやすか」

玄次は、亀次郎や一味の者を尾行すれば、吉之助の居場所も知れるのではないかと思ったようだ。

「それが、すぐにも手を打ちたいのだ」

安兵衛は、笹川が二度にわたって嫌がらせを受けたことや喜桜閣が新たに金を脅し取られたことなどを話し、

「次は何をしてくるか分からんからな」

と、苦々しい顔をして言った。

「厄介だな」

玄次もむずかしい顔をして視線を落とした。

「どうだ、玄次、亀次郎を押さえて吉之助の居所もしゃべらせたら」

安兵衛が思いついたように言った。

「旦那、三日ほど待ってくれやすか」

「何かあるのか」

「いえ、美乃屋が一味の巣になってるようでしてね」

玄次は、望月も店にあらわれたことを言い添えた。

「望月がな」

「へい、美乃屋に張り込んで姿を見せた仲間の跡を尾け、塒を押さえてから亀次郎をたたけば、仲間に逃げられることもねえと思いやしてね」

「そうだな。……よし、おれも張り込もう」

安兵衛が勢い込んで言った。

二

「旦那、あれが、美乃屋で」

玄次が猪牙舟の船梁《ふなばり》から腰を上げて大川端を指差した。

玄次と安兵衛は、笹川の船頭の梅吉の舟に乗っていた。安兵衛は舟の上から美乃屋を見張ろうと思い、梅吉に頼んで舟を出してもらったのだ。

舟なら北本所の竹町は笹川のある駒形町のほぼ対岸だし、舟の上なら一杯やりながら見張ることができたのだ。

「梅吉、ちかくに舟をとめられるか」

「すこし川上に、桟橋がありやすが」

「そこに、つないでくれ」

梅吉はすぐに水押《みお》しを川上にむけた。

美乃屋から一町ほど離れた川上にちいさな桟橋があり、数艘《そう》の猪牙舟が舫《もや》ってあった。梅吉は、その桟橋に水押しをむけ船縁を桟橋に付けるようにして舟をとめた。いつでも舟から桟橋へ上がれる場所に舟を着けたようだ。

「さて、一杯やろう。川風に吹かれながら飲むのも、おつなものだぞ」

そう言って、安兵衛は愛用の瓢《ひさご》を手にした。舟に乗り込む前にお房に頼み、たっぷりと酒を入れてもらってある。

「旦那、あいかわらずお好きなようで」

玄次が苦笑いを浮かべて言った。舳先《へさき》にいる梅吉も、あきれたような顔をしている。

「酔うほど飲まねえよ。おめえたちも、どうだ」

安兵衛はふところから猪口《ちょこ》をふたつ取り出した。どうやら、玄次と梅吉用に持ってきたらしい。

「それじゃァ一杯《いっぺぇ》だけ」

玄次は猪口を手にして安兵衛についでもらった。梅吉も、目を細めて猪口を手にした。ふたりとも、酒が嫌いではないようだ。

酒を飲みながらいっとき待つと、いつの間にか陽は対岸の浅草の家並の向こうに沈み、土手際の柳の陰や岸辺の葦《あし》の根まわりに夕闇が忍び寄っていた。そろそろ暮れ六ツ（午後六時）である。

「おい、若いのが店に来たぞ」

安兵衛が言った。
十七、八と思われる色白の男が、美乃屋の暖簾をくぐって店へ入っていくところだった。
「やつは、包丁人見習いでさァ」

玄次が言った。

「名は？」

「女将が、吉さんと呼んでやしたぜ」

「吉さんなァ。ところで、美乃屋には亀次郎の他にだれがいるのだ」

安兵衛が瓢の杯に酒をつぎながら訊いた。

「名は知らねえが、亀次郎の情婦《いろ》の女将、女中がひとり、それに五助という包丁人と見習いの四人らしいですぜ」

「まァ、そんなところか。それほどの大きな店ではないからな」

そう言って、安兵衛は杯をかたむけた。

「旦那、来やしたぜ」

玄次が、通りの先を指差した。

見ると、吾妻橋の方から、大柄な御家人ふうの男がやってくる。

「やつが、仲間の武士だな」

遠目にも、目の大きないかつい顔であることが知れた。恰幅《かっぷく》のいい羽織袴姿には、他人を威圧するような貫禄がある。

武士は美乃屋の店先で足をとめ、周囲をうかがうように視線をまわしたが、すぐに格子戸をあけてなかへ入った。

「旦那、もうひとり来やすぜ」

玄次が言った。

今度は痩身の武士だった。やはり羽織袴姿だったが、いま店に入った大柄な武士に比べると、痩身のせいもあってか身を持ち崩した悪御家人のような感じがした。両肩が落ち、二刀の差し方もだらしがない。身辺に放蕩《ほうとう》な雰囲気がただよっている。

「あいつも仲間だな」

安兵衛は、おれんからひとりは痩身の武士だと聞いていたのだ。

……遣えるようだ。

武士は痩身の割りに腰がどっしりとして、歩く姿にも隙がなかった。その武士も、美乃屋に入っていった。

その後、数人の男が暖簾をくぐって店に入った。ただ、職人や小店の主人らしい男たちで、いずれも美乃屋の客らしかった。

静かだった。辺りは夜陰につつまれ、弦月が川面に映じ、波の起伏に合わせて笑うように揺れている。

「亀次郎は来ねえな」

「やつの塒は、あの店ですぜ。なかにいるんじゃァねえですかね」

「そうかもしれんな」

安兵衛がそう言ったとき、舳先にいた梅吉が、

「旦那、店から出て来やしたぜ」

と、声をひそめて言った。

見ると、店先の淡い灯《ひ》のなかに三人の人影が浮かび上がっていた。ふたりは武士体である。もうひとりは町人体だった。顔は見えなかったが、ずんぐりした体軀で猪首である。

「亀次郎だ」

玄次が言った。

ふたりの武士は、戸口で亀次郎に何か声をかけ、声を上げて笑った。何を言ったか聞き取れなかったが、冗談でも口にしたのだろう。

ふたりの武士は通りに出ると、大川の上流にかかる吾妻橋の方へ歩きだした。亀次郎はふたりの背を戸口で見送っていたが、すぐに店内にもどった。ふたりを見送りに出たらしい。

「梅吉、先に笹川に帰ってくれ」

そう言い残し、安兵衛は桟橋に飛び下りた。すぐに、玄次もつづいた。ふたりの武士の跡を尾けて、行き先をつきとめるのである。

桟橋から大川端の通りへ駆け上がると、半町ほど先にふたつの人影が見えた、月明りにぼんやりと浮き上がっている。

「尾けるぞ」

「へい」

ふたりは、表店の軒下闇や樹陰をたどりながら前を行くふたりの武士の跡を尾けた。足音さえ気を遣えば、夜陰がふたりを隠してくれたので気付かれる恐れはなかった。

ふたりの武士は吾妻橋を渡り、橋のたもとで左右に別れた。大柄な武士は左手の材木町へ、痩身の武士は右手の花川戸町へむかった。

「おれは、図体のでけえ武士を尾ける」

「それじゃァ、あっしは痩《や》せた野郎を」

そう言い交わして、安兵衛と玄次も左右に別れた。

三

大柄な武士は材木町の路地を抜け、駒形町へ入ると右手へまがった。足早に下谷の方へ歩いていく。

安兵衛は足音を忍ばせて武士の跡を尾けた。東本願寺のちかくまで来ると、寺院が多くなり、路地はひっそりとして急に人影がなくなった。安兵衛の姿は夜陰が隠してくれたが、すこしでも足音をたてると気付かれる恐れがあった。

武士は寺院の多い通りを抜け、下谷の廣徳寺《こうとくじ》前まで来ると、左手の路地へ入った。その先は御徒町で、御家人や小身の旗本の屋敷がごてごてとつづいている。

静かだった。灯の洩《も》れている屋敷もあったが、多くの屋敷は夜の帳《とばり》に沈み、ひっそりと寝静まっている。

武士は武家屋敷のつづく路地をしばらく歩き、四辻の角にあった古い板塀で囲われた屋敷へ入っていった。小禄の御家人の住む屋敷のようである。

安兵衛は板塀に身を寄せて、隙間からなかを覗《のぞ》いて見た。かすかに灯が洩れ、くぐもったような女の声がした。帰ってきた武士に何か話しかけたようだが、内容はまったく聞き取れなかった。それから、床板を踏む音や障子をあける音がしたが、物音がやむと屋敷内は深い静寂につつまれてしまった。武士は寝たのかもしれない。

安兵衛は板塀のそばを離れ、四辻の様子を目に入れてからきびすを返した。明日出直して、武士の正体をつかんでやろうと思った。

翌朝、朝めしを食い終え、お房の淹れてくれた茶を飲んでいると玄次が顔を出した。

「旦那、やつの塒が分かりやしたぜ」

玄次が声をひそめて言った。

瘦身の武士は、浅草今戸町《いまどちょう》の大川端にある妾宅《しょうたく》ふうの家へ入ったという。なお、今戸町は花川戸町より大川の上流に位置し、川沿いに商家の寮や妾宅などの点在する町である。

「あの男、妾《めかけ》をかこっているのか」

安兵衛が訊いた。

「そのようで」

「おれの方も、住処が分かったぞ。これから、正体をつかみに行こうと思っていたところだ」

「それじゃァあっしも、やつの正体をつかんできやすぜ」

そう言うと、玄次は立ち上がった。

「朝めしは、どうした」

安兵衛が訊いた。

「今朝は炊きたてのめしと、うまい汁を食ってきやした」

玄次が目尻を下げて言った。

「そうか」

安兵衛は、お島が玄次のために朝めしを用意したとは露知らず、珍しいことがあるものだ、と思っただけである。

安兵衛は玄次の後ろ姿を見送ってから店を出た。むかった先は御徒町である。昨日の四辻はすぐに分かった。

大柄な武士が入った屋敷を板塀の陰から覗いて見ると、ひっそりとして物音も人声も聞こえなかった。ただ、住人はいるらしく、庭に面した縁先の雨戸があいて障子になっていた。

安兵衛は話の聞けるような家はないかと思い、四辻の角に立って周囲を見渡すと、大柄な武士の屋敷の斜向かいに小体な武家屋敷があった。屋敷の庭先で盆栽に水をやっている初老の武士がいた。茶の袖無しに縞柄《しまがら》の袷《あわせ》を着流していた。家督をゆずって隠居した御家人という感じである。

安兵衛は枝折り戸を押して、庭先にいる初老の武士に近寄った。

安兵衛の足音を耳にしたらしく、初老の武士は柄杓《ひしゃく》で松の盆栽に水をやっていた手をとめ、訝しそうな目をむけた。

「ご無礼とは存じましたが、少々お訊きしたいことがござって」

安兵衛は丁寧な物言いをした。

「何でござろう」

初老の武士の顔には、まだ警戒の色があった。無理もない。安兵衛はどこから見ても貧乏牢人のような身拵《みごしら》えである。そのような牢人が、突然庭先へ入って来れば、当然警戒するだろう。

「それがし、長岡安兵衛ともうす牢人でござる」

安兵衛は正直に名乗った。出自は知られたくなかったが、安兵衛の身装《みなり》を見れば、だれも旗本、長岡家の倅《せがれ》とは思わないだろう。

「それで、何用かな」

老武士は、手にした柄杓を脇に置いてあった手桶《ておけ》のなかにつっ込んだ。顔に不満そうな色がある。得体の知れない牢人に、水やりの邪魔をされたという思いがあるのだろう。

「それがし、九段の練兵館で長く剣の修行をしたのでござるが、昨日、この近くで同門だった者を見かけましてな。……ただ、十年ほども前のことゆえ、人違いということもあるかと存念し、話を訊いてみようと思った次第なのです」

安兵衛はひどくまわりくどい言い方をした。大柄な武士の名も素性も知らなかったので、話を曖昧《あいまい》にして聞き出さねばならなかったのだ。

「いったい、だれのことです」

老武士が苛立《いらだ》ったように訊いた。

「それが、名を失念してしまって……。大柄な男で、そこの板塀をまわした屋敷に住んでいるようなのですが」

安兵衛は板塀でかこった屋敷を指差した。

「大垣練八郎《おおがきれんぱちろう》か」

そう言った老武士の顔に嫌悪の表情が浮いた。それに、呼び捨てている。よほど、嫌っているようだ。

「大垣という名では、ないような気がしたが」

安兵衛は首をひねった。老武士にしゃべらせるためにわざとそう言ったのである。

「ならば、人違いでござろう。大垣が練兵館で修行したなどという話は聞いたことがないからな」

老武士の声には、憤慨したようなひびきがあった。

「しかし、顔はそっくりなのだがな。……つかぬことをうかがうが、大垣どのは御徒衆でござろう」

安兵衛はこの辺りには御徒衆の屋敷が多いと知っていたので、そう訊いてみたのである。

「あの男は七十石を喰《は》んでいるが、小普請だ。どうにもならない放蕩者でな、組頭もあきれはてて匙《さじ》を投げているそうだ」

老武士が吐き捨てるように言った。

「そんなふうには見えませんでしたな。身拵えもよかったし、立派な押し出しでしたが……」

安兵衛は腑《ふ》に落ちないような顔をした。

「あやつはな、博奕《ばくち》は打つし、岡場所には出入りするし、手の付けられん悪党だ。遊びの金欲しさに、商家から金を脅し取ったという噂《うわさ》まであるのだ」

老武士は顔を赤らめて言いつのった。年寄りのせいか、感情の起伏が激しいようである。

ただ、興奮してくれると話は訊きやすかった。適当に水をむければ、相手からしゃべってくれるのだ。

「いくらなんでも歴とした幕臣が、そのような悪事に手を染めるようなことはござるまい」

安兵衛はもっともらしく言った。

「もはや、あの男は御家人ではない。お上の扶持をかすめ取っている盗人と同じだ」

老武士は辛辣《しんらつ》な物言いをした。

どうやら、御家人とは名ばかりの悪党らしい。

「信じられん。それがしの知っている男は子煩悩でござってな。いまは十七、八になるはずだが、倅をことのほか可愛がっていたのだがな」

安兵衛は吉之助が、屋敷内にいるのではないかと思って倅の話を持ち出したのである。

「あの男に子供などおらぬ。屋敷にいるのは、病気がちの妻女だけだ。もっとも遊び歩いていて、屋敷にいるのはすくないようだがな」

老武士の怒りは、まだ収まらないようだった。

「すると、屋敷内に住んでいるのは、ふたりだけでござるか」

「さよう」

どうやら、吉之助は大垣の屋敷にいないようである。

それから、安兵衛は痩身の御家人ふうの男や総髪の牢人が屋敷に訪ねてくることはない

か、それとなく訊くと、

「見かけたことがある。いずれも、悪い仲間であろう」

老武士は苦々しい顔をして言った。

「どうやら、人違いのようでござる」

安兵衛はそう言い残して、庭先から出た。老武士からそれ以上訊くことはなかったのである。

笹川に帰っていっとき経つと、玄次が姿を見せた。

「お房、酒を用意してくれ」

安兵衛はお房に頼んで、二階の布団部屋へ玄次を上げた。慰労もかねて、玄次と一杯やりながら話そうと思ったのである。

お房が運んでくれた酒肴《しゅこう》の膳を前にして、ふたりで酌み交わした後、

「大柄な武士の正体が知れたぞ」

安兵衛はそう切り出し、聞き込んだ大垣のことを話した。

「あっしの方も分かりやしたぜ。名は、佐久伴右衛門《さくばんえもん》。やはり、御徒町に住む御家人のようですが、てめえの屋敷にもよりつかねえ悪党のようで」

玄次が聞き込んだことによると、佐久はほとんど自邸にはもどらず今戸町の妾宅へ住みついているようだという。

「いずれも御家人くずれか。大垣と佐久は同じ穴の狢《むじな》だな。賭場か岡場所で知り合い、遊ぶ金を得るために強請をするようになったにちげえねえ」

「あっしも、そう睨《にら》んでいやす」

「これで、一味の顔ぶれが見えてきたぜ」

亀次郎、望月十三郎、大垣練八郎、佐久伴右衛門、それに繁田屋と呼ばれる商家の旦那ふうの男である。

「玄次、繁田屋という男に心当たりはないか」

安兵衛が声をあらためて訊いた。まだ、繁田屋だけが、姿を見せないのである。

「いえ、ありません」

玄次がちいさく首を横に振った。

「黒幕はそいつかも知れねえなァ」

強請にしてもやることが大きかった。いかに悪党連中とはいえ、遊び人、御家人くずれ、それに死神と呼ばれる殺し屋が仕掛けるには、悪事が大掛かり過ぎる気がしたのだ。安兵衛はそうした悪党連中をたばねる黒幕が、背後にいるように思えたのである。

「いずれにしろ、亀次郎をたたいて吐かせよう」

安兵衛は、亀次郎の口から繁田屋のことも聞き出せるだろうと踏んだのだ。

四

その日、陽が西の空にまわると、安兵衛は玄次と梅吉の舟に乗り込んだ。亀次郎を取り押さえて吐かせようと思ったのである。

事情を知った笑月斎と又八は、いっしょに行きたいと言ったが、ふたりは笹川にいてもらった。亀次郎たちの嫌がらせから笹川を守らねばならなかったし、亀次郎を捕らえるにはふたりで十分だったのだ。

「美乃屋に乗り込みやすか」

玄次が訊いた。

「いや、出て来るのを待とう」

安兵衛は店に踏み込めば、大騒ぎになるだろうと思った。それに、亀次郎が安兵衛の手で捕らえられたことを他の仲間が知れば、笹川に対して卑劣な手段で仕返しをしてくることが予想されたからだ。

梅吉は対岸の竹町に舟をむけ、この前と同じ桟橋に着けた。

「一杯やるか」

安兵衛は舟が着くと、すぐに瓢を取りだした。

玄次と梅吉は苦笑いを浮かべただけで、何も言わなかった。いつものことなので、驚きもしなかったのである。

「あっしが、店の様子を見て来やすよ」

玄次は、まだ早いので亀次郎は店を出ているかもしれねえ、と言い残し、桟橋へ飛び下りた。

まだ、七ツ（午後四時）前だった。晩秋の陽射しが竹町の家並を照らし、大川端の道は通行人が行き来していた。美乃屋の暖簾は出ていたが、まだ客はいないらしくひっそりとしている。

玄次は大川端の通りへ出ると、通行人のふりをして美乃屋に近付いた。

そのときだった。ふいに、美乃屋の格子戸があいて、女が出てきた。玄次は慌てて店先を通り過ぎ、通りかかったぼてふりの前へまわった。

姿を見せたのは、色白の年増だった。女将であろう。その女将の後ろにも人影があった。亀次郎である。

女将につづいて店先に姿をあらわした亀次郎は、女将になにやら声をかけて店から離れていった。吾妻橋の方へ歩いていく。玄次には気付かなかったようだ。ぼてふりと重なり、玄次の姿が見えなかったのかもしれない。

亀次郎が一町ほど離れてから玄次はきびすを返し、跡を尾け始めた。玄次の尾行は慎重だった。通行人の後ろに身を重ねたり、道沿いの家の板塀の陰に身を隠したりして尾けていく。

一方、舟にいた安兵衛は、梅吉に、

「いま、店を出ていった男がいるだろう。やつの跡を舟で尾けてくれ」

と、頼んだ。

「ようがす」

梅吉は半町ほど間を取り、ゆっくりと舟を漕いで亀次郎の跡を尾け始めた。ただ、亀次郎が川沿いの道を歩いている間は尾けられるが、脇道にでも入ったらそれまでである。

亀次郎は吾妻橋を渡り始めた。浅草へ行くようである。

「梅吉、向こう岸の橋のたもとちかくに着けろ」

「へい」

梅吉は、すぐに水押しを対岸にむけた。

対岸の材木町にちいさな桟橋があった。吾妻橋のたもとから一町ほど離れた岸辺である。

梅吉が桟橋に舟を着けるや否や、安兵衛は舟から飛び下りた。すでに、亀次郎の姿は見失っている。

「笹川に帰っていいぞ」

言いざま、安兵衛は駆けだした。

吾妻橋のたもとは通行人が行き交い、賑《にぎ》わっていた。安兵衛は荒い息を吐きながら、通行人のなかに亀次郎の姿を探したが、見当たらなかった。

「旦那」

後ろで声がした。振り返ると、玄次が立っている。

「玄次、亀次郎は？」

「あそこですぜ」

玄次が右手の通りを指差した。花川戸町へつづく道である。その道の先に、亀次郎の姿があった。

「どこへ行く気だ」

「まだ、分からねえ」

川沿いの道をしばらく歩いて、左手に入れば浅草寺の東側へも出られるし、山谷堀の手前を左手へまがれば日本堤《にほんづつみ》を経て、吉原へも行ける。

「ともかく、尾けるか」

「へい」

ふたりは、亀次郎の跡を尾け始めた。

陽は浅草の家並のむこうに沈み、大川端の道は頭上の残照を映じて淡い鴇色《ときいろ》につつまれていた。まだ、日暮れ前で、通りにはぽつぽつと人影があった。

亀次郎は足早に川上にむかって歩いていく。浅草寺付近に行くつもりはないらしく、左手の道にはまがらなかった。

亀次郎は山谷堀にかかる今戸橋の手前まで来たが、吉原へ通じる左手の道へも入らず、そのまま今戸橋を渡り始めた。吉原へ行くのではないようだ。

「やつは、佐久の塒へ行くつもりですぜ」

玄次が安兵衛に身を寄せて言った。玄次によると、この道をしばらく行った右手に佐久が住処にしている妾宅があるという。

「道筋に、亀次郎を押さえるような場所があるか」

安兵衛が訊いた。

「へい、途中、人気のない林のなかの小径《こみち》を通りやす」

「そこで仕掛けよう」

ふたりはすこしだけ、亀次郎との間をつめた。

今戸橋を過ぎると、通り沿いの町家が急にすくなくなり、人影もまばらになった。道はしだいに川岸から離れ、通り沿いは空地や雑木林が多くなった。辺りは閑寂として、木々の梢を揺らす風音と土手の向こうを流れている大川の水音だけが聞こえてくる。

「旦那、あっしが先回りしやす。やつは、この先で右手の小径へ入《へえ》るはずだ。そこで仕掛けやしょう」

そう言い残すと、玄次は脇の小径へ駆け込んだ。雑木林のなかをたどって、亀次郎の前に出るつもりのようだ。

それからすこし歩くと、道の左右は空地、笹藪《ささやぶ》、櫟《くぬぎ》や栗などの疎林がつづくようになった。民家はあまりなく、川岸ちかくの景色のよい地に商家の寮や妾宅などが目立つようになってきた。

前を行く亀次郎が右手にまがった。雑木の疎林のなかに小径がつづいている。

……ここだな。

安兵衛は駆けだした。

雑木林のなかに入ると落ち葉が小径をおおっていて、ガサガサと足音がひびいた。

ふいに、亀次郎が振り返った。安兵衛の駆け寄る足音に気付いたようだ。

一瞬、亀次郎は驚愕《きょうがく》に目を剝《む》いて立ち竦《すく》んだが、

「て、てめえは!」

と、叫ぶなり、いきなりふところから匕首《あいくち》を抜いた。

だが、すぐに思い直したようだ。安兵衛とやり合ってもかなわないと思ったのだろう。

きびすを返すと、匕首を手にしたまま駆け出した。

「待てィ!」

安兵衛は懸命に走った。

足は亀次郎の方が速かった。すぐに安兵衛との間があいたが、半町ほど走ったところで、
ふいに亀次郎の足がとまった。前方に人影があらわれたのだ。まわり道をして、前に出た

玄次である。

「ちくしょう！」

亀次郎はひき攣《つ》ったような顔で辺りに目をやったが、玄次と安兵衛が前後から迫って行くと、林のなかへ逃げ込んだ。

五

「玄次、まわり込め！」

叫びざま、安兵衛は林のなかに踏み込んだ。

玄次も林のなかへ駆け込んだ。三人が林間を疾走していく。ザザザッ、と枯れ葉を踏む音や笹藪を分ける音がひびいた。

「待ちゃァがれ！」

玄次が亀次郎の背後に迫った。足は玄次の方が速いようである。

そのとき、亀次郎が地面を這《は》っていた藤蔓《ふじつる》にでも足をとられたらしく、体勢をくずして手からつっ込むように前に倒れた。

亀次郎は起き上がったが、すぐ背後に玄次が迫っているのを見て、獣の吠えるような声を上げて匕首で斬りかかってきた。

一瞬、玄次は脇に飛んで逃げた。死に物狂いでむかってきた亀次郎とまともにやり合うのを避けたのであろう。

「おめえの相手は、おれだよ」

安兵衛は抜刀し、亀次郎の脇へ急迫した。

「やろう！」

亀次郎は匕首を胸のあたりに構えると、体当たりするような勢いで踏み込んできた。そして、安兵衛の腹を狙って匕首を突き出した。

その刺撃をかわしざま、安兵衛は刀身を一閃《いっせん》させた。

次の瞬間、にぶい金属音がし、亀次郎の匕首が足元に落ちた。安兵衛の一撃が匕首を打ち落としたのである。

咄嗟《とっさ》に、亀次郎は足元の匕首を拾おうとした。その喉元へ、安兵衛の刀身が当てられた。

「動くな。首を落とすぜ」

安兵衛の声で、亀次郎は動きをとめ、凍りついたように身を硬くした。

「な、なにをしやがる！」

亀次郎が声を震わせて言った。

「何もしねえよ。もっとも、お前しだいだがな」

安兵衛がそう言ったところへ、玄次が走り寄り、亀次郎の足元の匕首を拾い上げた。

「旦那、いい場所ですぜ。ここなら、だれの目にもとまらねえ」

玄次が周囲を見まわしながら言った。

なるほど、三人が立っているのは寂しい雑木林のなかで小径からも離れ、笹藪や灌木の茂みなどもあって人目にはつかない場所だった。

「亀次郎、いい所へ逃げてくれたな。お蔭で、連れ込む手間がはぶけたよ」

安兵衛は、亀次郎の首筋に切っ先を突き付けたまま言った。

「ちくしょう！」

亀次郎は顔をゆがめ、激しく身を顫《ふる》わせた。憤怒と恐怖がごっちゃになっているような顔付きである。

「おめえに、訊きてえことがある」

安兵衛が亀次郎を見すえて言った。

「てめえたちに、話すことなんぞねえや」

亀次郎は目をつり上げて喚《わめ》くように言った。

「おめえたちが、仕掛けた強請のことは分かってる。他の四人の仲間のこともな」

安兵衛が、望月や大垣など他の四人の名を挙げると、亀次郎は顔を上げて安兵衛を見た。

その目に驚きの色がある。安兵衛が四人の名を知っていることに、驚いたらしい。

「なら、おれに訊くことなどあるめえ」

「それがあるんだ。……まず、吉之助だ」

「知らねえなァ」

「どこにいる」

安兵衛の声に恫喝《どうかつ》するようなひびきがくわわった。顔も豹変している。いつもの人の良さそうな茫洋《ぼうよう》とした表情が消え、剣客らしい凄《すご》みのある顔である。

「さァな」

亀次郎はそっぽを向いた。ふてぶてしい態度である。

「このままでは、しゃべる気になるまいな」

言いざま、安兵衛は切っ先を亀次郎の額に当て、撫《な》でるように横に引いた。

ヒイイッ、という喉のつまったような悲鳴を洩らし、亀次郎の体が凍りついたように固まった。額に血の線がはしり、ふつふつと噴き出した血が顔をつたって、赤い縄簾《なわすだれ》のように染めていく。顔が赤い簾模様になり、目ばかりが白くギョロギョロと動いている。

「吉之助はどこにいる」

「し、知らねえ」

亀次郎は激しく身を顫わせた。

「次は、目だな。両の目をいっしょに斬り裂くぞ」

そう言って、安兵衛は切っ先を亀次郎の左の目尻近くに当てた。

「しゃ、しゃべる！」

亀次郎が恐怖に目をつり上げ、ひき攣《つ》ったような声で言った。

「もう一度訊く、吉之助はどこにいる」

「……美乃屋だ」

亀次郎がそう言ったとき、脇で聞いていた玄次が、

「包丁人見習いの男か」

と、声を上げた。

「そうだ」

「あいつだったのか」

玄次は安兵衛の方へ顔をむけると、

「吉さんか」

安兵衛が言った。安兵衛も、吉之助が店に入るのを見ていたのである。どうやら美乃屋は、吉之助の隠れ家にもなっていたようである。

「亀次郎、もうひとつ訊きてえことがある」

安兵衛が声をあらためて言った。

「繁田屋という男は何者だ」

五人の仲間のなかで繁田屋と呼ばれている男だけ正体がつかめていなかったのだ。

「知らねえ」

「やっぱり、目をつぶさねえと、話す気にはなれねえのか」

安兵衛は、また切っ先を亀次郎の目尻近くに当てた。

「う、嘘じゃァねえ。ほんとに知らねえんだ」

亀次郎は声を震わせて必死に訴えた。

安兵衛には、亀次郎がしらを切っているようには見えなかった。

「名ぐれえ知ってるだろう」

「久蔵《きゅうぞう》だ。仲間の連中は、繁田屋の旦那と呼んでるぜ」

「何をしてる男だ」

「分からねえが、奉公人を何人か使ってるような口振りだった」

「店屋《みせや》のあるじってことか」

繁田屋と会った者の話によると、大店の主人のような感じがしたとのことなので、まちがいないだろう。

「繁田屋が、おめえたちの頭じゃァねえのか」

「頭というわけじゃァねえが、繁田屋の旦那がおれたちのまとめ役だったことはまちげえねえ。二本差しの旦那方も、繁田屋の旦那の指図にはしたがっていたからな」

「ところで、おまえは繁田屋とどこで知り合った」

安兵衛は知り合った場所が分かれば、繁田屋の正体も知れるのではないかと思ったのだ。

「おれが繁田屋の旦那と知り合ったわけじゃァねえ。大垣の旦那が、おれを繁田屋に引き合わせたんだ」

亀次郎が話したことによると、亀次郎は京橋水谷町《みずたにちょう》の賭場で御家人くずれの大垣と知り合い、大垣とつるんで商家の強請をしているうちに、佐久と繁田屋を紹介されたという。

「望月は？」

「やつは、繁田屋の旦那が連れてきた殺し屋だ」

「望月の塒は」

「知らねえ。繁田屋の旦那なら分かるはずだ。用のねえときは、繁田屋の旦那の飼い犬だからな」

「そうか」

どうやら、望月は繁田屋の用心棒も兼ねているらしい。

安兵衛は亀次郎の顔のそばから切っ先を下ろし、この男、どうする、と玄次に訊いた。

これ以上、訊くこともなかったのである。

「まだ、帰すわけにはいきませんぜ」

「分かっている」

いま、亀次郎を帰せば、すぐに仲間に知らせるはずだ。仲間四人は、吉之助を別の隠れ家に移した上で、玄次と安兵衛を始末するために手を打ってくるだろう。かと言って、すぐに亀次郎を町方の手に引き渡すこともできない。亀次郎が町方に捕縛されたことを知れば、他の四人は隠れ家から姿を消すだろうし、吉之助が町方に捕らえられるようなことにでもなれば、依之助との約束は果たせなくなる。

亀次郎をこの場で斬り殺すことも考えたが、無抵抗の者を斬るのは気が引けたし、吉之助を確保した上で、与野屋や喜桜閣を強請った一味として町方へ引き渡す必要もあったのだ。

「何日か、おまえの長屋に閉じ込めておけぬか」

安兵衛が訊いた。

「そ、それが、旦那、あっしのところはまずいんで」

玄次が顔を赤らめて口ごもった。

「どうしてだ？」

「ちかごろ、女が長屋に越してきたもので……」

玄次が、さらに顔を赤くして小声で言った。

「女だと……。そうか、それはうっかりしてたな」

安兵衛は玄次が所帯を持ったらしいことを察知した。

そのとき、亀次郎が、

「おめえか、お島を連れていったのは！」

と、声を荒らげて言った。

玄次は何も答えず、亀次郎にするどい視線をむけただけである。玄次にしてみれば、亀次郎はお島をなぶり者にした憎い男でもあったのだ。

「となると、玄次のところは無理だな。仕方がねえ、笹川の布団部屋の押し入れにでも閉じ込めて置くか」

安兵衛は、四、五日なら何とか監禁しておけるだろうと思った。その間に吉之助を確保し、繁田屋の正体をつかめば、亀次郎を町方に引き渡してもいいのである。

「玄次、こいつを縛り上げ、猿轡《さるぐつわ》をかましてくれ」

安兵衛は夜が更けてから亀次郎を笹川に連れていくつもりだった。

六

翌朝、安兵衛は梅吉に舟を出してもらい、玄次と又八を連れて対岸の竹町にむかった。いっときも早く吉之助を確保し、繁田屋の正体をあばいて一味を始末したかった。

昨夜遅く、亀次郎を笹川へ連れて行くと、お房はひどく怖がり、店に置くのは嫌だと言い張った。

「四、五日だけだ。それに、お満にも店の者にも分からないように、おれが押し入れの奥へ閉じ込めておく」

と、約束して何とか承知させたのだ。

幸い布団部屋の押し入れの前には座布団が積んであって、だれも近付かなかった。猿轡をかませて縛り上げておけば、何日かは隠しておけるだろう。

ただ、亀次郎が姿を消したことは、大垣を初め一味の者がすぐに察知するであろうから、安兵衛としてはのんびり構えていられなかった。

「向こうに着いたら店の様子を見て、すぐに仕掛けよう」

舟の上で、安兵衛が言った。今日は、瓢を持っていなかった。自分でも、酒を飲んでいる暇はないと見ていたのだ。

いっときすると、舟は前と同じ竹町の桟橋に着いた。

「あっしが見てきやす」

そう言い残して、玄次が桟橋に飛び下りた。

しばらく舟に乗ったまま待つと、玄次がもどってきた。

「吉之助は店にいるようですぜ、若い男の声がしやしたから」

玄次が美乃屋の戸口に耳を近付けると、なかで女将らしい女の声と若い男の声が聞こえたという。

「次は、あっしの番だ」

そう言うと、又八はふところから手ぬぐいを取り出して向こう鉢巻をし、着物を裾高に尻っ端折りして舟から飛び下りた。

又八が通りがかりのぼてふりになり、亀次郎と出会って言伝を頼まれ、吉之助を呼び出すという手筈になっていた。又八の生業《なりわい》はぼてふりなので、怪しまれることはないはずである。

「おれたちは、身を隠そう」

そう言って、安兵衛も舟から下りると、玄次とふたりで桟橋からすこし離れた岸辺の樹陰に身を隠した。

又八は美乃屋の戸口に駆け寄ると、格子戸を勢いよくあけ放った。

「ごめんよ、亀次郎さんの家ですかい」

　又八は土間から奥にむかって声を上げた。

　すると、廊下を慌ただしく歩く音がし、土間のつづきの板敷きの間に色白の年増が姿を見せた。女将らしい。

「女将さんですかい」

　又八が年増の顔を見るなり訊いた。

「お豊《とよ》ですけど」

　女将の名はお豊というらしい。

「あっしは、魚屋の六助《ろくすけ》で」

　又八は咄嗟に思いついた偽名を口にした。念のために、名は伏せておいたのである。

「何の用です」

　お豊が戸惑うような顔をして訊いた。

「ここは、亀次郎さんの店ですかい」

「そうですけど、うちのひとに何かあったんですか」

　お豊の顔が不安そうにゆがんだ。昨夜から、亀次郎が帰ってこないのでお豊は心配していたのだろう。

「あっしにも、何があったか分からねえが、この店に吉之助ってえ若え男がいるだろう」

「いますけど」

「すぐ、そいつを呼んでくれ」

又八は焦《じ》れたような顔で言った。

「何があったんです」

お豊は、すぐに動かなかった。何が何だか分からないのであろう。

「今朝、あっしが魚を売り歩いていると、大川端に亀次郎さんが座り込んでいたと思いねえ」

「そ、それで」

お豊が、心配そうな顔で身を乗り出した。

「亀次郎さんが苦しそうな顔をしてるんで、あっしは、どうしたのか訊いたんでさァ。するってえと、亀次郎さんが、吉之助に用がある、すぐに呼んできてくれ、と振り絞るような声であっしに頼むんでさァ。それで、あっしがすっ飛んで来たわけで。……何をしてやがる。早く、吉之助を呼んでくれ」

又八が一気にまくしたてた。

「ま、待っておくれ」

お豊は慌てて奥へもどり、十七、八と思われる若い男を連れてもどってきた。

「吉之助さんかい」

又八が訊いた。

「そうだけど」

吉之助はうまく事情が飲み込めないらしく、怪訝《けげん》な顔をして又八を見た。

「おれといっしょに来てくれ。亀次郎さんが、待ってるんだ」

又八が急かせるように言うと、お豊が、

「とにかく、六助さんといっしょに行って、うちのひとの様子を見てきておくれ」

と、切羽詰まったような顔をして言った。

「分かった。六助さん、案内してくれ」

吉之助は土間へ飛び下りた。

「吉之助さん、こっちだ」

店から出た又八は大川端を桟橋のある方に走り、土手を駆け下りて桟橋へ出た。

「どこ行くんだ」

吉之助は走りながらも不審そうな顔をした。まさか、桟橋へむかうとは思わなかったのだろう。

「猪牙舟《ちょき》を使うんだ。早えからよ」

ふたりが、桟橋の途中まで来たときだった。

樹陰に身を隠していた安兵衛と玄次は土手を一気に駆け下りて桟橋へ出ると、吉之助に走り寄った。

吉之助はふたりの姿を見ると、桟橋の上に立ち竦み、

「な、なんの用だ!」

と、うわずった声で訊いた。

安兵衛は吉之助の前に走り寄るや否や小刀を抜き、切っ先を吉之助の脇腹に当てると、

「命が惜しかったら、おとなしくしな」

と、凄みのある声で言った。

「てめえ、おれを騙《だま》したな」

吉之助は又八を睨むと、怒りに声を震わせて言った。

「気を鎮めな。こうしねえと、おめえを助けられねえんだ」

安兵衛がおだやかな声で言うと、吉之助は目を剝いて安兵衛たちに視線をまわした。驚きと当惑の入り交じったような顔をしている。

「おめえ、このまま美乃屋に居続けりゃァ、近いうちにその首を獄門台に晒《さら》されることになるんだぜ」

「……！」

吉之助は息を呑んで安兵衛の顔を見た。

「いっしょに来な。悪いようにはしねえ」

安兵衛が舟に乗るようにうながすと、吉之助は逡巡《しゅんじゅん》するような素振りを見せたが、おとなしく舟に乗り込んだ。

舟が桟橋から離れたところで安兵衛が、

「梅吉、しばらく大川を流してくれ」

と、頼んだ。舟の上で、吉之助と話そうと思ったのである。

「承知しやした」

梅吉は流れのなかほどへ行くと、水押しを川下へむけた。後は、流れのままに大川を下るつもりらしい。

七

梅吉の舟は、大川の川面をすべるように下っていく。

安兵衛は遠ざかって行く本所の家並に目をやりながら、

「吉之助、おめえがだれの子で、亀次郎たちとつるんで何をしてるか、みんな知ってるぜ」

そう、話を切り出した。

「お侍さまは、だれなんです？」

吉之助が訊いた。町人の子として育てられたらしく、武家言葉は使わなかった。

「長岡安兵衛。……飲ん兵衛安兵衛とも呼ばれている極楽とんぼだ」

「おめえが、極楽……」

吉之助が慌てて語尾を呑み込んだ。亀次郎から安兵衛のことを聞いていたのであろう。

「亀次郎は捕らえたよ」

安兵衛は町方とは言わなかったが、いずれ町方に引き渡すつもりでいた。

すると、吉之助の顔が驚怖にゆがみ、血の気が失せて土気色に変わってきた。肩先がかすかに震えている。

「繁田屋も大垣も、ちかいうちに町方のお縄を受けることになるだろうよ」

「…………」

吉之助は顔色を失ったまま安兵衛を凝視している。

「室町の田原屋だけでやめとけばよかったが、亀次郎たちは手をひろげ過ぎた。旗本や大店から五百両、千両と脅し取って、そのまま済むと思ったら大間違いだよ」

安兵衛は、岸の向こうにひろがる浅草の家並に目をやりながら言った。

前方には両国橋が迫り、橋上を大勢の人が行き交っていた。江戸の町は様々な人々の巨大な坩堝《るつぼ》のようである。

「それに、人殺しまでやったとなると、獄門台は逃れられねえ」

「あ、あっしは、一度だけ田原屋に亀次郎の兄貴といっしょに行っただけだ。分け前ももらってねえ」

吉之助が泣き声で言った。一端《いっぱし》の遊び人のような格好をしているが、その顔には少年らしいあどけなさも残っていた。

「おめえ、亀次郎とどこで知り合った」

「水谷町の賭場でさァ。博奕の後、飲み屋で一杯ごっそうになり、いろいろ話しているうちに、美乃屋の手伝いを頼まれたんでさァ」

「水谷町の賭場だが、貸元はだれだ」

安兵衛は、亀次郎と大垣が知り合ったのも水谷町の賭場であることを思い出したのだ。

「万蔵《まんぞう》という男です。繁田屋の右腕だと聞いたことがありやすぜ」

「そういうつながりか」

どうやら、水谷町の賭場を通して悪党連中が知り合い、繁田屋を頭格とする強請一味ができたらしい。望月も賭場に出入りしていて、万蔵を通して繁田屋と結びついたにちがいない。

……水谷町の賭場をたぐれば、繁田屋をつきとめられるな。

と、安兵衛は思った。

「吉之助、飲み屋で亀次郎と一杯飲んだとき、鳴瀬家とのかかわりを話さなかったか」

「話しやした。生まれはどこか、訊かれやしたんでね」

「それで、おめえを美乃屋に引っ張り込んだのか」

亀次郎は、吉之助を手元におけば鳴瀬家を強請れる種《ねた》になると踏んだのであろう。その情報を、頭格である繁田屋に話し、大垣らと組んで鳴瀬家を強請ったにちがいない。

「あっしは、繁田屋たちが鳴瀬家を強請ってたのを知ってやしたぜ。端《はな》から、あっしは鳴瀬を親などと思っちゃァいねえ。大身の旗本かどうか知らねえが、やつはあっしをおふくろに押しつけて、病気に伏せっているときでさえ顔も見せねえ薄情者なんだ」

吉之助の声が怒りに震えた。顔が朱を掃いたように染まっている。どうやら、吉之助には鳴瀬家に虐げられた強い思いがあるようだ。その恨みから、鳴瀬家を強請ってもいいと思い、己の出自を亀次郎に話したのかもしれない。

「おめえ、おれとそっくりだな」

安兵衛が言った。

「おれの家は旗本の長岡家だよ。ただし、おれは三男坊の冷や飯食いでな、しかも、妾の子だ。母親は料理屋の女中で、おれはおめえと同じように母の手で育てられたのよ。その母親も病で死に、おれは長岡家からも追い出され、いまは料理屋の居候の身だ。……どうでえ、おめえとそっくりだろう」

安兵衛がしみじみとした口調で話した。

「あっしと、同じだ」

吉之助が声を上げた。

安兵衛にむけた目に、眩《まぶ》しいものを見るような色があった。境遇がそっくりな安兵衛に対して、兄のような親近感を持ったのかもしれない。

「似たような育ちもあってな、おめえの首を獄門台に載せたくねえのよ」

兄の依頼で鳴瀬家を潰《つぶ》さぬために、吉之助を町方の手から守ることになったのだが、そのことは口にしなかった。

ただ、こうして吉之助と顔を突き合わせて話してみると、安兵衛の胸の内には何とか吉之助を助けてやりたいという気持が湧いてきたのも事実である。できそこないの兄弟のような感じがしないでもない。

「あっしは、どうすればいいんで」

吉之助が哀願するような目を安兵衛にむけた。

「しばらく身を隠しておける家はねえか」

繁田屋をはじめとする強請一味を捕らえ、ほとぼりが冷めるまで吉之助の身を隠しておきたかったのだ。

「おっかさんが死ぬ前まで、いっしょに住んでいた長屋がありやすが」

吉之助によると、まだ部屋はあいているはずだという。

「よし、しばらくそこに身を隠していろ」

そう言うと、安兵衛はふところから財布を取り出し、一分銀を二枚取り出して、

「いいか、これは当座のめし代だ。近所で飲むぐれえはいいが、博奕も女も駄目だぞ。しばらくの間、おとなしくしてるんだ。落ち着いたら、おめえの身の振り方はおれが考えてやるからな」

と、もっともらしい顔をして言った。

「すまねえ、兄貴！」

吉之助が涙声で言った。安兵衛の弟分になったような気になっている。

そのとき、梅吉が、

「旦那、江戸湊《みなと》に入っちまいやすぜ」

と、大声で言った。

なるほど水押しの先に、江戸湊の海原が茫漠とひろがっている。

「梅吉、川上へ引き返せ」

安兵衛が上流に首をまわして声を上げた。

第五章　隠れ蓑

一

「旦那、あれが万蔵の賭場ですぜ」

玄次が声をひそめて言った。

安兵衛と玄次は、京橋、水谷町の八丁堀川沿いの土蔵の陰にいた。渋沢屋《しぶさわや》という船問屋の土蔵で、その脇の路地を半町ほど行った先の突き当たりに生垣をめぐらした妾宅ふうの家があった。そこが、万蔵が貸元をしている賭場だという。

ここ三日ほど玄次が水谷町に足を運び、界隈《かいわい》の地まわりや遊び人などから聞き込み、万蔵の賭場をつきとめたのである。

さっきから、ふたりはその家の戸口へ目をむけていた。

「万蔵が貸元をしてるらしいが、賭場の儲《もう》けは繁田屋久蔵に行くようですぜ」

玄次が聞き込んだことによると、万蔵は繁田屋の手先で賭場をまかされているだけらしいという。

「貸元の代役か。町方に挙げられたときの用心のためだな」

町方の手入れがあっても、己に累が及ばぬよう万蔵を貸元に据《す》えているにちがいない。繁田屋久蔵という男は用心深い男のようだ。

「どうしやす」

玄次が訊《き》いた。

「万蔵から訊きだすのが手っ取り早いが、すぐに繁田屋には知れるな」

安兵衛は、まず繁田屋の隠れ家をつかみたかったのだ。

「万蔵を尾《つ》けやすか」

玄次によると、貸元の代役である万蔵は儲けた金を繁田屋に運ぶはずだという。それに貸元が賭場に一晩中籠《こも》っていることはまれで、通常は集まった客に挨拶《あいさつ》をするだけで、適当に切り上げて賭場を離れることが多いというのだ。その後、賭場を仕切るのは中盆の仕事だそうである。

「そうしよう。今夜は、これがあるしな」

安兵衛は肩にかけた瓢《ひさご》を顔の前に持ってきて、ニヤリとした。酒を飲みながら、万蔵が賭場から出て来るのを待とうというのだ。

玄次は苦笑いを浮かべただけで何も言わなかった。安兵衛が瓢を肩にかけているのを見たときから、そのつもりでいることは分かっていたのだ。

すでに暮れ六ツ（午後六時）を過ぎ、辺りは濃い暮色につつまれていた。安兵衛たちがひそんでいる土蔵のそばの細い路地を、職人ふうの男や小店の主人らしい男などが足早に通り過ぎていく。賭場の客らしい。

「旦那、賭場に灯《ひ》が入《へえ》りやしたぜ」

見ると、生垣でかこわれた家の戸口から灯が洩《も》れている。賭場の百目《ひやくめ》蠟燭《ろうそく》に火を点《つ》けたのであろう。かすかに、男たちのざわめきが聞こえてきた。いよいよ博奕が始まるらしい。

安兵衛は近くに転がっていた平石に腰を下ろし、瓢の栓を抜くと、

「玄次、まァ、一杯飲め」

と言って、用意した猪口を玄次に手渡した。

「ごちになりやす」

玄次は立ったまま猪口を受け取り、酒をついでもらった。

「ところで、玄次、万蔵の顔を見ているのか」

安兵衛は、瓢に付いている杯に手酌でつぎながら訊いた。

「面《つら》は拝んでねえが、人相は聞いておりやす」

玄次が聞き込んだところによると、万蔵は四十がらみ、顔が浅黒く眉の濃い熊のような大男だという。

「その男なら、暗闇でも分かるな」

そう言って、安兵衛は杯をかたむけた。

いつの間にか、辺りは夜陰につつまれている。夜気のなかには晩秋の冷気があった。土蔵の近くで、コオロギが物悲しく鳴いている。

安兵衛と玄次は酒を飲みながら、万蔵が賭場から出てくるのを待っていた。

ふたりがその場にひそんで、二刻（四時間）ほども過ぎたであろうか。賭場から出てきた職人ふうの男がふたり、安兵衛たちの前を通り過ぎ、表通りの方へ歩いていく。博奕に負けたらしく、消沈した声で付きがないのを嘆いていた。

「旦那、また出て来やしたぜ」

玄次が言った。

戸口に提灯《ちょうちん》の明りが見えた。その明りのなかにいくつかの黒い人影が見えた。三人いるらしい。くぐもったような男の声と下駄の音が聞こえた。

提灯がしだいに近付いてきた。三人の話し声と下駄の音が、静寂のなかにひびいている。

いつの間にか、コオロギの鳴き声が聞こえなくなっていた。

「やつだ!」

玄次が声を殺して言った。

見ると、提灯の明りに男の巨体が黒く浮かび上がっていた。六尺はあろうかと思われる巨漢である。

「なるほど、熊のような男だな」

安兵衛がつぶやいた。

万蔵と思われる男は手先に提灯を持たせ、下駄を鳴らして歩いてきた。背後に、もうひとり手下がいた。背のひょろりとした男が、風呂敷包みをかかえて跟《つ》いてくる。

安兵衛と玄次は三人をやり過ごし、提灯の灯が遠ざかってから路地へ出た。三人の跡を尾けるのである。

三人は八丁堀川沿いの通りへ出ると、川下へむかって歩きだした。尾行は楽だった。提灯の灯が目印になったし、夜陰がふたりの姿を消してくれたからである。

三人は南八丁堀の町筋を歩き、八丁堀川にかかる中ノ橋の手前まで来ると、通り沿いの表店の前に足をとめて大戸をたたいた。いっときすると、くぐり戸があき、三人の姿は店のなかへ吸い込まれるように消えた。

安兵衛と玄次は、足音を忍ばせて店に近付いていった。

「この店が、繁田屋か」

安兵衛が店舗を見ながらつぶやいた。

思ったよりちいさい平屋の店だった。しかも、かなり古い店舗である。裏手に古い土蔵があったが、繁盛してる店には見えなかった。

「何を商ってるんだ」

それらしい看板も出ていなかった。

「旦那、古着屋ですぜ」

玄次が大戸の隙間からなかを覗《のぞ》いて小声で言った。土間に古着が吊《つる》してあるという。古着屋にしては大きな店である。

安兵衛と玄次は店の者に声が聞こえないように店からすこし離れると、

「どうするな」

と、安兵衛が訊いた。

「今夜はこれまでにしやしょう。明日、あっしが近所で聞き込んでみますよ」

玄次が目をひからせ、

「ここは悪党の巣かもしれやせんぜ」

と、言い添えた。腕利きの岡っ引きらしいするどい目である。

二

翌日、辺りが暗くなってから玄次が笹川に顔を出した。

安兵衛は、すぐに二階の布団部屋に上げた。笑月斎も来ていたので、ふたりで玄次の話を聞くことにしたのである。

「旦那方、だいぶ様子が知れやしたぜ」

玄次は安兵衛と笑月斎を前にして話を切り出した。これまでの経緯はあらかた笑月斎にも話してあったので、玄次が何を探りにいっていたかは笑月斎も知っていた。

「古着屋の屋号は丸木屋《まるきや》。あるじの名は五六蔵《ごろぞう》だそうで」

「繁田屋久蔵とはちがうようだな」

「旦那、世間から正体を隠してる男がほんとの名を使うはずはねえでしょう。……そいつは五十がらみで赤ら顔、恰幅《かっぷく》がよくいかにも大店の旦那ふうだそうでしてね」

「そいつだ、繁田屋久蔵は」

思わず、安兵衛が声を上げた。これまでに聞いていた繁田屋の容貌とそっくりである。

「五六蔵は、五年ほど前につぶれかけた古着屋を居抜きで買取り、そのまま商売をつづけているそうですぜ。近所の者との付き合いはほとんどなく、丸木屋に来る前はどこで何をしていたのか、知ってる者はいやせん」

玄次が聞き込んだことによると、店には奉公人が三、四人いるが、いずれも商人《あきんど》らしくない目付きのするどい男だという。

「繁田屋の手先だろうが、それでは商売になるまい」

笑月斎が声をはさんだ。

「近所の者も、あれでよく店がやっていけると言ってましたよ」

「あの店は、隠れ蓑《みの》か」

安兵衛が目をひからせて言った。世間を欺《あざむ》くために、古着屋をひらいているように装っているのであろう。

「あっしもそう見やした」

玄次が言った。

「どうやら古着屋を隠れ蓑にして、裏で賭場をひらき、さらに悪党仲間を集めて大金を強請《ゆす》っているようだな」

安兵衛は繁田屋久蔵が一味の黒幕だと確信した。

「それで、どうしやす」

玄次が、安兵衛と笑月斎に目をやりながら訊いた。

「すぐにも仕掛けたいが、望月の塒《ねぐら》だけが分からんなァ」

安兵衛は、繁田屋たちといっしょに望月も始末したかったのだ。

「やつは賭場か古着屋か、どちらかにいると踏んでるんですがね」

玄次は自信がないのか小首をかしげながら、もうすこし、探ってみますよ、と言い添えた。

「いや、すぐに仕掛けよう。やつの世話が面倒でな、待ってられんのだ」

安兵衛が積んである座布団の奥の押し入れに目をやりながら、顔をしかめて言った。

亀次郎を押し入れに閉じ込めて、まだ三日しか経っていなかったが、どうにも面倒だった。猿轡《さるぐつわ》をかませ、手足を厳重に縛っておいたが、めしを食わせたり、厠《かわや》に連れていったりしなければならない。

安兵衛が笹川をあけるときは、笑月斎に頼んでおいたが手を焼いてるらしく、斬り殺して大川に流してしまえ、と言い出す始末だった。

それに、遊び相手を探して布団部屋に顔を出したお満が、亀次郎が動いてたてたわずかな物音を聞きつけて、何かいる、と言って覗こうとした。

鼠だ、覗くと鼻の頭を齧《かじ》られるぞ、と脅して、その場は何とか収めたが、お満は、布団部屋の押し入れに鼠がいる、と店の者に触れ歩いているのだ。

「そういうわけでな。これ以上、やつを押し入れにとじこめておけんのだ」

安兵衛がそう言うと、笑月斎が、

「そのとおり。長岡が嫌なら、今夜あたり、おれが亀次郎をたたっ斬ってやろうと思っていたところなのだ」

と、もっともらしい顔をして言った。

「分かりやした。それじゃァ、明日、倉持の旦那に知らせやしょう」

「倉持どのに直接会って話したいが、どうだ、明日、倉持どのの見まわりの途中、笹川に寄ってもらえないかな」

安兵衛がかかわった事件のことで、これまでも倉持と笹川で話したことがあったのだ。

「承知しやした。倉持の旦那に伝えやす」

そう言うと、玄次は腰を上げた。

翌日の八ツ（午後二時）ごろ、玄次が倉持を連れて笹川に顔を出した。

「長岡さん、邪魔するぜ」

倉持は武家言葉を遣わなかった。八丁堀同心のなかでも、定廻りや臨時廻りの者は町人や岡っ引きと接することが多く、伝法な物言いをする者が多いのだ。

倉持は三十がらみ、眉が濃く、頤《おとがい》が張っている。いかつい顔の主で、定廻り同心のなかでもやり手で通っていた。

「上がってくれ」

安兵衛は、倉持と玄次を奥の座敷に連れて行き、お房に酒肴を頼んだ。まだ、客はいなかったので、座敷もあいていたのだ。

「与野屋と喜桜閣を強請った一味のひとりを、つかまえたそうじゃァねえか」

座敷に腰を落ち着けるとすぐ、倉持が話を切り出した。どうやら、玄次から亀次郎のことは聞いているらしい。

「つかまえたのは、玄次だ」

安兵衛としては、倉持の手下でもある玄次が捕らえたことにしたかった。安兵衛には捕縛する権限などないし、玄次が捕らえたことにすれば、倉持の顔も立つのである。

「万次郎を殺《や》ったのも、そいつらだそうだな」

倉持は仏頂面をしていた。玄次が捕らえたにしろ、安兵衛のような市井《しせい》の者がかかわったことが、おもしろくないのだろう。

「そうらしいな」

安兵衛は曖昧《あいまい》に答えた。

そこへ、お房とお春が酒肴の膳を運んできた。まだ、料理の支度ができてないと見え、里芋の煮物と酢の物だけだった。

お房は決まり悪そうな顔をして、すぐに鰈《かれい》の煮物ができますから、と言い添えた。

「まずは、一献」

お房とお春が下がるとすぐに、安兵衛が銚子を取った。

「捕らえたのは、亀次郎という遊び人だそうだな」

杯で酒を受けながら倉持が訊いた。

「そのようだ」

「どこにいる」

倉持が杯を虚空にとめたまま訊いた。

「それが、倉持どのに話さぬうちに他の仲間に知れたらまずいと思ってな。仕方なく、おれがあずかっているのだ」

安兵衛が首をすくめるようにして、二階の押し入れにな、と小声で言った。

「それはまた、ご苦労なことだ」

倉持はニヤリと笑って、杯をかたむけた。

「一味は他に四人いる。いずれも、一癖も二癖もある悪党どもだ」

安兵衛が、繁田屋久蔵、大垣練八郎、佐久伴右衛門、望月十三郎の名を挙げ、

「繁田屋が頭目格で、右腕の万蔵のほかに手先が数人いるはずだ」

と、言い添えた。

「繁田屋久蔵のことは知ってるぜ。ここ数年、やつの名は聞いてねえが、京橋から品川に

かけて顔を利かせていた親分でな。品川の賭場の手入れのとき、姿を消したままだ」

やはり、繁田屋はかなりの大物らしい。

「なぜ、繁田屋と呼ばれているのだ」

安兵衛が訊いた。

「品川で繁田屋という女郎屋をやっていたので、そう呼ばれてるらしいな」

「そうか」

「ところで、望月だが、死神と呼ばれている男ではないかな」

倉持は、望月のことも知っているようだ。

「そうらしいな」

「おめえたち、よく無事だったな」

そう言って、倉持は銚子を取ると、安兵衛と玄次の杯に酒をついだ。

安兵衛は杯の酒を飲み干すと、

「大垣と佐久は、御家人くずれだ」

と言って、ふたりの屋敷と妾宅のある地を話した。

「やっかいだな。おれたちは、武家をお縄にできねえからな」

倉持が苦々しい顔をした。

町奉行所が支配するのは町人で、幕臣を捕縛する権限はなかった。御家人はそれぞれの組頭の支配下にあるのだ。

「町人地なら、牢人として捕ってもかまわねえだろう。手に余ったことにして、斬る手もある。……その後のことは、おれの知り合いの御目付に伝えておく。その御目付から、内々にふたりの組頭に話しておけば、うまく始末するだろう」

安兵衛は、長岡家や兄の依之助のことは口にしなかった。そうする約束だったし、安兵衛も長岡家に頼るようなことは言いたくなかったのである。

「そうだったな」

倉持は口元にうす笑いを浮かべただけだった。倉持も安兵衛と長岡家のことは知っていたが、あえて口にしなかった。安兵衛の気持が分かっているからであろう。

三

安兵衛は長岡家の門番に声をかけ、榎田を呼んでもらった。門番も安兵衛のことを知っていたので、すぐに承知してくれた。

「安兵衛さま、おめずらしい」

榎田は、驚いたような顔をして安兵衛を見た。安兵衛の方から長岡家を訪ねてくることは滅多になかったからである。

「兄上はもどられているかな」

安兵衛は依之助に用があったのである。

「さきほど、お城よりもどられました」

榎田が慇懃《いんぎん》な口調で言った。

「おれが来たと伝えてくれ」

安兵衛は、依之助の下城時を見計らって来たのである。

「とにかく、お入りください。大殿にもお知らせしましょうか」

「来たことだけは話しておいてくれ。兄との話が済んだら、隠居所におれの方から行く」

「大殿もお喜びでございましょう。……さァ、こちらへ」

榎田は相好をくずして、安兵衛を玄関へ連れていった。

通されたのは、以前依之助と会った奥の書院である。安兵衛がしばらく待つと、廊下をせわしそうに歩く足音がして依之助が姿を見せた。小紋の袷《あわせ》に角帯、紺足袋というくつろいだ格好である。下城後、着替えたのであろう。

「安兵衛、何用かな」

対座するなり依之助が訊いた。愛想のないしかつめ顔をしている。

「鳴瀬家を強請っていた一味の正体が知れました。つきましては、兄上のご判断をあおいだ上で処置したいと考え、まかりこしました」

安兵衛は丁寧な物言いをした。二十五両の手前もあり、兄の顔を立てたのである。

「そうか。で、何者なのだ」

「繁田屋久蔵なる者が頭格のようでございます」

そう言って、安兵衛は一味五人の名を挙げた。

「うむ……。それで、大垣練八郎と佐久伴右衛門は、御家人なのか」

依之助が顔をしかめ、念を押すように訊いた。

「いかさま」

「何という不埒《ふらち》者だ。お上の扶持を喰《は》む身でありながら、そのような悪行に手を染めるとはな」

依之助の顔が怒りで朱を掃いたように染まった。

「大垣と佐久は、町方の手で捕らえ、その後それぞれの組頭に引き渡そうと存念しておりますが、いかがでございましょうか」

安兵衛が訊いた。

「町方が、大垣と佐久を捕らえるかな」

「町人地に一味といっしょにいれば、縄をかけるでしょう。牢人とみなしたことにすれば、町奉行の手落ちを責められることはないはずです」

「そうだな。わしから、組頭には内々に伝えておこう」

「お手数をおかけいたします」

「うむ……。それで、鳴瀬家には累が及ばないのだな」

「ご懸念には及びませせぬ。一味は鳴瀬家だけでなく、浅草の料理屋からも大金を強請り、しかも包丁人を斬り殺しております。町方は支配下にある事件だけに絞り、鳴瀬家のことは伏せて吟味するはずです。鳴瀬家のことは取り上げずとも一味の罪は重く、どうせ獄門晒首となる身でございます」

鳴瀬家は旗本であり、町奉行所の管轄外である。大垣と佐久を奉行所を通して組頭に引き渡してしまえば、わざわざ管轄外で起こった事件の吟味までする必要はないのである。

「それはよい。鳴瀬どのも安堵《あんど》されるであろう」

依之助が口元に笑みを浮かべた。

「ただ、ひとつ、懸念がございます」

安兵衛が声をあらためて言った。

「懸念とは」

依之助が安兵衛に視線をむけた。

「鳴瀬さまが強請られる元となった隠し子でございます。一味の手のなかにいましたが、われらが助け出し、さる所に匿《かくま》ってございます。ですが、このままにいたさば、またよからぬ者に素性を知られ、同じような事件を起こさぬともかぎりませぬ。……今後の憂いを取り除くためにも、しばらくの間、江戸から離れた地で暮らせるよう手配した方がよろしいかと存じますが」

安兵衛は吉之助を匿っているわけではなかったが、鳴瀬にも相応の責任を取ってもらおうと思い、すこし大袈裟《おおげさ》に言ったのである。

それに、一味を捕縛し吟味が始まるまでに吉之助を江戸から離しておきたかったのだ。

それというのも、繁田屋や亀次郎はともかく、大垣と佐久は組頭の訊問や公儀の吟味のなかで鳴瀬の隠し子のことを言い立てる懸念があったからである。

そのとき、吉之助の行方が知れなければ、鳴瀬が追及されることもないだろうと踏んだのだ。

「たしかにそうだな」

依之助も、鳴瀬の隠し子は遠ざけておいた方がよいと思ったようだ。

「鳴瀬さまに、何かお考えがございましょうか」

安兵衛は、そこまで心配してやることはないと思った。鳴瀬に、手配させればいいのである。

「あい分かった。鳴瀬どのに話してみよう」

依之助はそう言うと、父上と会って帰るかな、と兄らしい親しみのこもった声で訊いた。

「帰りがけに、隠居所に立ち寄ってみるつもりです」

「父上にも、首尾は上々だと話しておいてくれ。おまえのことを心配してたようだからな」

そう言うと、依之助は満足そうな顔をして立ち上がった。

隠居所といっても離れがあるわけではなく、庭に面した一棟の一部を使っているだけである。

重左衛門が隠居所として使っている居間に行くと、重左衛門と榎田が待っていた。そして、安兵衛が座敷に腰を落ち着けると、

「それで、どうなのだ、首尾は」

と、重左衛門が身を乗り出すようにして訊いた。重左衛門の後ろに座した榎田も、耳を立てている。安兵衛が、依之助に依頼された鳴瀬家の事件の報告に来たことを知っているようである。

「何とか片がつきそうですよ」

安兵衛はこともなげに言った。

「それで、依之助は何と言ったな」

重左衛門の顔には、まだ心配そうな表情があった。

「兄上もたいそう満足され、帰りがけに父上に会い、上首尾であることをお伝えするよう仰せつかってまいりました」

「それは重畳」

重左衛門は、ほっとしたように顔をくずした。

榎田も安心したように二、三度うなずき、茶でも用意させましょう、と言い残して、座敷を出ていった。

ふたりになって顔を突き合わせた重左衛門は、安兵衛ににじり寄って、

「安兵衛、鳴瀬の倅《せがれ》のような真似をいたすでないぞ」

と、小声で言った。重左衛門も鳴瀬の隠し子が事件の原因であることを知っていて、ことのほか安兵衛のことを案じていたらしい。

「鳴瀬どのの倅の気持も分かります。それがしの暮らしも、楽ではございませぬから」

安兵衛がもっともらしい顔をして言った。

「それを申すな」

重左衛門は困惑したように顔をゆがめ、慌てて懐から財布を取り出すと、一分銀をつまみ出し、

「いまは、これしか持ち合わせがないのだ」

と安兵衛の耳元で言って、手渡した。二両ある。

「父上も苦労しますな」

安兵衛は、すずしい顔をして一分銀を財布にしまった。

四

「旦那！　極楽の旦那」

階下で安兵衛を呼ぶ又八の声がした。

布団部屋に寝転がっていた安兵衛は身を起こし、かたわらに置いてあった朱鞘の大刀を手にして階段を駆け下りた。

土間に又八が肩で息して立っていた。よほど急いで来たらしい。

「大垣が屋敷を出たか」

「へい、親分が尾けていやす」

又八が声を上げた。親分というのは、玄次のことである。

「行くぞ、又八、案内しろ」

言いざま、安兵衛は戸口から飛び出した。

昨日から玄次と又八が、御徒町にある大垣の屋敷を見張っていたのだ。それというのも、大垣は屋敷に踏み込んで捕らえることができなかったので、家を出るのを尾けて人目のない所で仕掛けようということになっていたのだ。

安兵衛は長岡家で依之助に会った後、ふたたび倉持と会って、繁田屋一味を捕らえる相談をした。倉持にすれば、相手に腕の立つ武士が複数いるので、安兵衛の手を借りたいというのが本音のようだった。

「四人を一度にお縄にしたいが手が足りない」

そう、倉持は言い出した。

「手がな……」

安兵衛も倉持のいうように、一味を一度に捕縛することに賛成だった。日をあけて町方が捕縛にむかえば、残った者が逃走する恐れがあったからである。そうでなくとも、亀次郎がいなくなったことで、繁田屋一味は危機を感じているはずだった。

ところが、繁田屋、大垣、佐久は別の住処にいる。もうひとりの望月は玄次の張り込みで、水谷町の万蔵が貸元をしている賭場か、南八丁堀町の古着屋にいるらしいことが分かったが、それもそのときになってみなければ居所がつかめない。

一味を一網打尽にするには、大垣が屋敷を出た後の行き場所、佐久のいる妾宅、賭場、古着屋の四か所をいっせいに襲わなければならない。町方を四手に分けねばならないのだ。倉持の言うように、町方の手が足りないというのもうなずける。

「長岡さん、おぬしは腕が立つ。そこで、頼みだが、玄次に手を貸して大垣と佐久を捕らえてくれんか」

倉持が言った。玄次に手を貸して、と言ったが、倉持の狙《ねら》いは安兵衛の剣を遣って、ふたりを捕らえてくれということであろう。

「ふたりか」

玄次に手を貸すのはかまわないが、ふたり捕らえるとなると容易ではない。

「そっちも手が足りないなら、知り合いを助っ人に頼んだらどうだ。腕のいい男がいるではないか」

倉持は笑月斎のことを言ったようだ。

「うむ……」

笑月斎をくわえても、安兵衛はむずかしいと思った。佐久はともかく、大垣は屋敷を出てから尾行し、人目のない所で捕らえねばならないのだ。

「厄介なら、斬ってもかまわねえぜ。玄次がいっしょだから、捕縛のおりに手に余ったことにするよ」

町方は下手人を生きたまま捕縛せねばならないが、抵抗した場合、手に余ったと称して斬殺することもあった。

「ふたり、斬るのか」

「そうだ。相手は御家人くずれの悪党だ。斬り殺しても、責める者はいねえよ。公儀だって、厄介者がいなくなって清々するだろう。腹のなかで感謝こそすれ、文句を言う者はいねえはずだ。それにな、大垣と佐久は捕らえられれば、まず斬首。よくて切腹だろう」

「まァ、そうだろうな」

鳴瀬家もふたりの組頭も、ふたりが死ねば胸を撫で下ろすだろう。町方も、厄介払いができるはずだ。

「とにかく、大垣と佐久はおぬしたちに任せる」

倉持が突き放すように言った。どうやら倉持にとっても、武家であるふたりは厄介な存在のようだ。安兵衛にまかせれば、面倒を抱え込まずに済むと思ったらしい。

「仕方ないな」

安兵衛は不承不承うなずいた。鳴瀬家の事件にかんしては、都合二十七両もの金をせしめていた。多少の厄介は背負い込まねばならないだろう。

「それで、おぬしは」

安兵衛が訊いた。

「おぬしたちが、大垣と佐久に仕掛けたらすぐに知らせてくれ。捕方を動かせるようにしておき、ただちに賭場と古着屋にむかう」

「繁田屋のそばには、死神がついてるぜ」

望月の居所ははっきりしなかったが、そう見た方がいいだろう。

「長柄の捕具で、何とか搦《から》め捕るよ」

そう言ったが、倉持の顔はけわしかった。まともにやり合ったら、町方から大勢の犠牲者が出ると踏んでいるのであろう。

「間に合えば、手を貸そう」

倉持のためではなく、安兵衛には、ひとりの剣客として望月と立ち合ってみたいという気があったのだ。

「そうしてくれ」

「おぬしの顔をつぶさぬよう、近くを偶然通りかかったことにしてな」

「いい心配りだ」

倉持が口元をゆるめた。

それで、ふたりの話がついたのだ。

戸口から飛び出した安兵衛は又八と肩を並べながら、ところで、大垣はどこへむかった、と訊いた。

「御徒町から浅草寺の門前を通って、大川端に出やした」

又八によると、そこまで大垣を尾けたとき、玄次から安兵衛を連れてくるように言われたという。

「親分は、吾妻橋のたもとで待っているはずで」

又八が走りながら言い添えた。

笹川から吾妻橋はすぐだった。なるほど橋のたもとに玄次の姿があった。八ツ半（午後三時）ごろで、吾妻橋のたもとは賑わっていた。晩秋の陽射しのなかを様々な身分の老若男女が行き交っている。ちかごろ雨が降らないせいか、靄《もや》のような砂埃《すなぼこり》が立ちこめていた。

「玄次、大垣はどこへむかった」

安兵衛が近付くなり訊いた。

立っている玄次に、大垣を尾けているような様子がなかったからである。

「やつは、今戸町の佐久のところですぜ」

玄次によると、大垣が今戸橋を渡ったところまで尾け、行き先が分かったので、すぐに引き返してきたという。

「すると、大垣と佐久はいっしょか」

好都合だった。ふたりいっしょに片を付けることができる。ただ、相手は武士がふたりということになり、安兵衛たち三人では返り討ちになる恐れがあった。

「又八、すぐに笑月斎を連れて来てくれ」

大垣ひとりなら、安兵衛と玄次のふたりで十分と思っていたが、佐久もいっしょとなると、笑月斎の手が借りたかった。

「へい」

すぐに、又八が駆け出した。

五

安兵衛たちは、今戸町の雑木林のなかにいた。笑月斎、玄次、又八の顔がある。四人の前には佐久の妾宅につづく小径《こみち》がつづいていた。

陽は西の空にまわっていたが、林間に斜めに射し込んだ夕陽が、落葉につつまれた地面に淡い蜜柑《みかん》色の縞模様を刻んでいた。雑木林のなかはひっそりとして、ときおり落葉が雑木の幹に触れる音や地面に落ちる音などが聞こえるだけである。

その林間の先に古い板塀が見えた。佐久の妾宅をかこった塀らしい。

「それで、ふたりはいるのか」

笑月斎が訊いた。

「いるはずだが、念のため見てきやす」

そう言い置くと、玄次は足音を忍ばせて板塀に近付いた。獲物に近付く獣を思わせるような動きである。

いっとき待つと、玄次がもどってきた。

「いやすぜ」

玄次によると、家のなかで男の話している声が聞こえたという。

「始末をつけるにはいい場所だな。近くに、だれもおらぬ」

笑月斎が周囲に目をやりながら言った。

「おれが佐久をやる。おぬしは、大垣を頼む」

安兵衛は、体軀は大垣の方が立派だが、剣の腕は佐久が上だと見ていた。笑月斎も、一刀流の遣い手だが念の為に大垣を任せることにしたのである。

「斬ってもかまわんのか」

笑月斎が腰の刀に手をやりながら訊いた。

「歯向かってくればな」

ふたりが、おとなしく縛に就くとは思えなかった。当然立ち向かってくるだろう。

「行くぞ」

安兵衛が先に立って妾宅の方へまわった。玄次、笑月斎、又八とつづく。

板塀の間に枝折り戸があった。安兵衛は枝折り戸の前で足をとめ、庭にまわろう、と小声で言った。家のなかに踏み込むのは避けようと思ったのだ。どこかに身をひそめていて、侵入者に襲いかかる危険があったからである。

枝折り戸から入って家の脇を右手に行けば、すぐに庭に出ると、玄次から聞いていた。安兵衛が先に立ち、四人は足音を忍ばせて庭にむかった。

狭い庭だった。庭とは名ばかりで、枯れかけた雑草が地面をおおっている。庭の隅に松や梅などの庭木もあったが、長い間植木屋が入ってないらしく枝葉が伸びて自然木のようになっていた。

ただ、ふたりを相手に立ち合うだけの広さはあった。それに、雑草の丈が低いので、足場も悪くない。

その庭に面して廊下があり、その先が座敷になっているらしく障子が立っていた。そこにだれかいるようだ。なかからくぐもったような話し声が聞こえてくる。

「ここで、やろう」

安兵衛が笑月斎に身を寄せて小声で言った。

「承知」

笑月斎がうなずいた。いつものニヤついた顔ではなかった。剣客らしいけわしい顔に変わっている。

「大垣、佐久、いるか！」

安兵衛が声を上げた。

その声で、障子のむこうで聞こえていた話し声が、はたとやんだ。数瞬、家のなかは静まっていたが、膝を立てて立ち上がったような物音がした。

カラリ、と障子があいた。

ふたりの武士が障子の間から顔を出した。大柄な大垣と痩身の佐久である。

「長岡か！」

大垣が胴間声で言った。ギョロリとした目が、せわしく動いている。侵入してきた者たちを探っているようだ。

「総髪の男は何者だ」

つづいて、佐久が誰何《すいか》した。女のように甲高い声だった。気が昂《たかぶ》っているらしく、細い目がつり上がっている。

「おれか、おれは笑月斎といってな、八卦見《はっけみ》だ。望みなら、おぬしの勝負運を占ってしんぜるが」

「おのれ！　愚弄《ぐろう》しおって。生きては帰さぬぞ」

佐久の声が怒りに震えた。

いきなり、佐久が抜刀した。顔がひき攣《つ》り、蒼ざめている。

それを見た大垣も刀を抜いた。刀を帯びているのが、安兵衛と笑月斎のふたりだけと見て、切り抜けると踏んだようだ。

「御用だ！　神妙にしろ」

玄次が、声を上げた。

すると、脇にいた又八が、

「神妙に、お縄をちょうだいしやがれ！」

と叫び、細引を取り出した。又八は十手を持っていなかったのだ。

「町方はふたりだけか。見縊《くび》ったもんだな」

言いざま、大垣が廊下から庭に飛び下りた。

「おまえの相手は、わしだ」

すぐに、笑月斎が大垣の前に立って、抜刀した。笑月斎は二刀を帯び、たっつけ袴に筒袖姿で、草鞋《わらじ》履きだった。いつもの八卦見の格好とはちがう。立ち合いの装束といってよかった。

大垣につづいて佐久が庭に下りると、安兵衛がその前にすばやくまわり込んだ。

「縄を受ける気はねえんだな」

安兵衛が念を押すように訊いた。

「町方の縄など受けるか。うぬも、たたっ斬ってくれるわ」

佐久が吠えるような声で言った。

「それじゃァ、斬るしかねえなァ」

安兵衛は、ゆっくりした動きで抜刀した。

六

安兵衛は右手だけで刀を持ち、刀身を足元にだらりと下げた。構えや刀法など無視していた。安兵衛の剣は、相手の動きや場に応じて刀をふるう喧嘩《けんか》殺法である。

対する佐久は青眼に構えた。切っ先が安兵衛の目線にピタリとつけられている。隙のない構えで、剣尖《けんせん》がそのまま眼前に迫ってくるような威圧があった。

ただ、構えがすこし硬い。肩にも凝《こ》りがあった。気が昂り、身が硬くなっているらしい。こうした身の硬さは、斬撃の起こりや反応を一瞬遅くするはずである。

イヤアッ！

突然、佐久が鋭い気合を発した。

己の身が硬くなっているのを意識し、気合で体の緊張を解こうとしたようだ。

その気合で、いくぶん身の硬さがとれたようである。安兵衛には、佐久の青眼の構えの威圧が高まったように感じられた。

「行くぜ」

安兵衛は口元にうす笑いを浮かべた。相応の遣い手と対峙《たいじ》し、安兵衛の闘気が全身に満ちてきたのである。いつもの極楽とんぼと揶揄《やゆ》されている間延びしたような馬面ではなかった。白い歯を剝《む》き出し、両眼が猛虎のようにひかっている。獲物を前にした獰猛《どうもう》な獣のような凄みがある。

安兵衛と佐久の間合は、三間の余あった。まだ、斬撃の間からは遠い。安兵衛は刀身を足元に垂らしたまま、つかつかと間合を狭めていった。

佐久は全身に気勢を込め、気魄《きはく》で安兵衛を攻めていた。かまわず、安兵衛は身を寄せる。

斬撃の間境の手前で、安兵衛が寄り身をとめた。

数瞬、ふたりは対峙したまま睨《にら》み合っていたが、ふいに安兵衛が左手を柄に添え、垂らしていた刀身を振り上げた。

刹那《せつな》、ふたりの全身に斬撃の気が疾《はし》った。

タアッ！

裂帛《れっぱく》の気合を発しざま、佐久が真っ向へ斬り込んできた。鋭い斬撃である。

が、安兵衛は佐久の斬撃を読んでいた。

一瞬、右手へ身を倒すようにして、佐久の切っ先をかわしざま刀身を横に払った。抜き胴である。

安兵衛の刀身が佐久の腹に食い込んだ。

グッ、という喉のつまったような呻《うめ》き声を上げ、佐久の上半身が折れたように前にかしいだ。

一合で勝負は決した。

佐久はたたらを踏むように泳ぎ、足をとめてつっ立った。いっとき、苦悶《くもん》に顔をしかめて左手で腹を押さえていたが、ガックリと両膝を地面についた。佐久は低い唸《うな》り声を上げてうずくまっている。

「とどめを刺してくれよう」

安兵衛は佐久の背後に近付いた。

佐久は臓腑を截断されていた。手当のしようもない。このまま苦しめておくより、とどめを刺してやるのが武士の情けである。

安兵衛は佐久の背に刀身を突き刺した。

一瞬、佐久は顎《あご》を突き出すようにして上体を反り返らせたが、安兵衛が刀身を引き抜くと、そのまま前につっ伏すように倒れた。傷口から血が噴き出し、見る間に佐久の背を真っ赤に染めていく。切っ先が心ノ臓をとらえたらしい。

安兵衛は反転し、笑月斎と大垣に目をやった。

笑月斎は大垣と切っ先を向け合っていた。玄次と又八は十手と捕り縄を手にしたまま、ふたりから身を引いている。

すでに、笑月斎と大垣は数合したらしく、大垣の肩口の着物が裂け、顔にも血の色があった。深手ではないようだが、笑月斎の斬撃をあびたらしい。笑月斎の方は無傷らしく、血の色はなかった。

笑月斎は八相に構えていた。隙のない大きな構えである。

対する大垣は青眼に構えていた。切っ先が笑うように揺れている。顔も恐怖にひき攣っていた。

……笑月斎にまかせておけばいいようだ。

安兵衛は胸の内でつぶやいた。笑月斎が大垣に後《おく》れを取るようなことはなさそうだった。

笑月斎が、つ、つ、と間合をせばめていく。

大垣は腰を引いて後じさった。剣尖《けんせん》が落ちて死んでいる。

なおも、笑月斎は大垣に迫っていく。

大垣は庭の隅まで追いつめられ、松の幹に背が付きそうになった。それ以上は下がれない。

イヤアッ!

突如、大垣が喉の裂けるような気合を発した。

次の瞬間、大垣は恐怖に顔をひき攣らせ、上段に振りかぶりざま斬り込んだ。牽制《けんせい》も気攻《きぜ》めもなかった。追いつめられ、捨て身の攻撃に出たのである。

咄嗟《とっさ》に、笑月斎は八相から袈裟に斬り下ろした。

甲高い金属音がひびき、大垣の刀身がはじき落とされた。笑月斎が大垣の斬撃を打ち落としたのだ。

大垣が体勢をくずし、前につっ込むように泳いだ。足を踏ん張り、反転して切っ先を笑月斎にむけようとした。そこへ身を寄せた笑月斎の一撃が、大垣の首筋に入った。

ピッ、と血が細い筋のように飛んだ。

次の瞬間、大垣の首がかしぎ、首根から血が驟雨《しゅうう》のように噴出した。大垣は血を撒《ま》きながらよろめき、腰からくずれるように倒れた。なおも、大垣はその場から逃れようと地面を這《は》ったが、すぐに力尽きて動かなくなった。

「勝負運は、なかったようだな」

笑月斎は返り血を浴びた頬のあたりを、左手でこすりながらつぶやいた。

そのときだった。縁側の近くで、女の悲鳴が聞こえた。見ると、年増が縁側にへたり込んで、泣き声とも悲鳴ともつかぬ声を上げて顫《ふる》えている。佐久の妾であろう。

玄次と又八が縁側に駆け寄り、安兵衛と笑月斎がつづいた。

「こいつも一味だ。ふん縛ってやりやしょう」

又八が意気込んで言った。

女は恐怖に血の気が失せ、瘧慄《おこりぶる》いのように身を顫わせている。

「待て」

安兵衛が、細引を手にして縁側に踏み込もうとする又八をとめた。

「女、なんという名だ」

安兵衛が訊いた。

「お、お銀《ぎん》だよ」

「お銀、おまえが世話になっていた佐久は大店から大金を脅し取り、その上人殺しまでした極悪人だ」

「あ、あたし、そんなこと知らないよ。あの人、何も言わなかったもの」

「だがな、町方に捕らえられれば、一味のひとりと見なされるかもしれんぞ」

「い、嫌だよ。あたし、何にも知らないんだから」

お銀が泣き声で言った。

「お縄を受けたくなかったら、ここから逃げるしか手はないな。そして、佐久や大垣のことは、いっさい口にしないことだ」

「あ、あたしを、見逃してくれるのかい」

お銀が、安兵衛にすがり付くような目をむけた。

「おまえのことは、知らなかったことにしてやろう」

安兵衛が、行け、と小声で言い添えた。

お銀ははじかれたように立ち上がると、座敷の隅の衣桁《いこう》にかけてあった着物をひっつかんで戸口の方へ小走りにむかった。

「まったく、旦那は女に甘《あめ》えんだから」

又八が顔をしかめて言った。

笑月斎と玄次は、苦笑いを浮かべただけで何も言わなかった。

第六章　死神と極楽

一

日本橋川の川面が重い鉛色に沈んでいた。ふだんは、荷を積んだ猪牙舟《ちょき》や艀《はしけ》が盛んに行き来しているのだが、いまは一艘の舟も浮かんでいない。川の流れの音と汀《みぎわ》に寄せる波音が妙に大きく聞こえてくる。

頭上にはまだ星が出ていたが、東の空は淡い茜《あかね》色に染まっていた。そろそろ払暁である。

八丁堀、南茅場町。日本橋川沿いにある大番屋の前に、二十数人の黒い人影があった。倉持と若い先崎《せんざき》という定廻り同心にひきいられた捕方である。これから二手に分かれ、水谷町の賭場と南八丁堀町にある古着屋にむかうのだ。目的は、繁田屋久蔵とその片腕の万蔵、それに手下たちの捕縛である。

安兵衛たちが今戸町で、大垣と佐久を始末した翌朝であった。ふたりを斬殺した後、玄次がそのままの足で八丁堀に駆け付け、ことの次第を倉持に知らせたのである。

玄次から話を聞いた倉持は、

「よし、明日の夜明けに、繁田屋久蔵を捕《と》る」

と、即断した。

すでに、捕方を差し向けられるよう手配してあったし、間を置けば斬殺された大垣と佐久のことが繁田屋の耳にとどき、姿を消す恐れがあったからである。

捕方たちは着物を裾高に尻っ端折りし、黒股引に草鞋《わらじ》履きで、手に手に十手や六尺棒を持っていた。なかには、袖搦《そでがらみ》、突棒《つくぼう》、刺叉《さすまた》、などの長柄の捕具を持っている者もいた。望月が抵抗することを考え、倉持が持たせたのであろう。

通常、これだけの捕物になると与力の出役《でやく》を仰ぐことになるのだが、そこに与力の姿はなかった。倉持の配慮だった。倉持は、安兵衛がくわわることを与力に説明できなかったのだ。そこで、与力には賭場の手入れとだけ報告し、繁田屋はその手入れのなかで捕縛したことにしようと考えたのである。

「まだ、来ねえのか」

倉持が、かたわらに控えている玄次に苛立《いらだ》ったような声をかけた。

これから、捕物に向かおうという矢先なのに、まだ安兵衛が姿を見せないのだ。

「おっつけ、来るころかと思いやす」

玄次が困惑したように言った。

玄次によると、安兵衛は近くにある鎧《よろい》ノ渡《わたし》と呼ばれる日本橋川の渡し場まで、梅吉の舟で来る手筈になっているという。

「旦那、来やしたぜ」

玄次がほっとしたような顔で声を上げた。

日本橋の方から川沿いの道を駆けてくるふたりの人影が見えた。安兵衛と又八である。

「すまん、昨夜、飲み過ぎて寝過ごした」

走り寄った安兵衛が、荒い息を吐きながら言った。

倉持は呆れたような顔をしただけで、何も言わなかった。言っても仕方がないと思ったらしい。

「まったく、旦那には世話が焼けやすぜ」

又八が代わりに愚痴を言った。

すぐに、倉持は集まった捕方たちに視線をまわし、行くぞ、と声をかけて、先に立って歩き出した。倉持にすれば、町が動き出す明六ツ（午前六時）前に賭場と古着屋に踏み込みたかったのである。

倉持たち一隊は、八丁堀の亀島町《かめじまちょう》の河岸通りを小走りに南八丁堀町へむかった。

「倉持どの、望月の所在は分かったのか」

安兵衛が、小走りで倉持の後ろについて訊いた。

「分かってるよ」

倉持は足をゆるめなかった。

「賭場か、古着屋か」

「古着屋だ。久蔵といっしょらしい」

倉持が南八丁堀町にむかいながら話したことによると、昨日から数人の手先を賭場と古着屋付近に張り込ませて、久蔵と望月の所在をつかんだという。

「おれは、古着屋か」

「そうしてくれ。望月が抵抗したら、おまえに任せる。捕方を斬られたくないのでな」

ふたりがそんなやりとりをしている間に、一隊は八丁堀川にかかる稲荷橋のたもとまで来ていた。橋を渡った右手が南八丁堀町五丁目である。

だいぶ、東の空が明るんできた。夜陰のなかに沈んでいた町並もその輪郭を取り戻し、川沿いの柳や岸辺の葦などもはっきりと姿をあらわしてきた。頭上の空も青さを増し、星のまたたきが弱々しくなっている。

ただ、まだ町筋の家々は淡い夜陰のなかに沈み、寝静まっていた。川沿いの通りも稲荷橋にも人影はなかった。

稲荷橋を渡り、前方に八丁堀川にかかる中ノ橋が見えてきたところで、倉持が足をとめた。古着屋はすぐ近くである。

「先崎、賭場を頼む」

倉持が背後にいた先崎に言った。

「承知しました」

先崎は紅潮した顔でうなずくと、捕方十二、三人をしたがえて川沿いの道を京橋方面にむかった。万蔵以下の手下を捕らえるのである。

先崎の一隊が遠ざかってから、倉持隊が動いた。やはり、十二、三人の捕方で、他に安兵衛、玄次、又八がくわわっている。

中ノ橋のたもとの先に丸木屋が見えてきた。大戸はしまり、ひっそりとしている。

倉持は店先に近寄ると、数人の捕方に裏手にまわるよう命じた。店舗の脇に路地があり、裏手にまわることができるのだ。

すでに、捕方と倉持との間で打ち合わせてあったらしく、初老の岡っ引きが先頭に立ち、数人の捕方をしたがえて裏手へまわった。

「茂太《しげた》、やってくれ」

倉持が若い手先に声をかけた。

茂太と呼ばれた男は、弁慶格子の袷《あわせ》を尻っ端折りして、脛《すね》をむき出していた。町方には見えない。遊び人ふうの格好である。

「へい」

すぐに、茂太は店の大戸の脇のくぐり戸の前に行き、戸をたたきながら、

「戸をあけてくれ、万蔵兄いの使いで来やした。戸をあけてくれ」

と、声を上げた。

体格のいい捕方がふたり、茂太の脇に身をかがめている。くぐり戸をあけたら、脇から

飛び込むつもりらしい。

いっとき、家のなかは静寂につつまれていたが、すぐに床板を踏むような足音が聞こえた。茂太の声で、だれか起きだしたらしい。

つづいて店に吊《つる》した古着を掻《か》き分ける音がし、足音がくぐり戸に近付いてきた。

「だれだい。朝っぱらから、騒々しいじゃァねえか」

戸のむこうで、なじるような声が聞こえた。

「へい、万蔵兄いの使いで来やした。すぐに、親分の耳に入れてえことがありやして」

茂太が切羽詰まった声で言った。なかなかの役者である。

「賭場でなにかあったのかい」

「大変《てえへん》なんで。ともかく、親分の耳に入れねえと」

「分かった。すぐ、あけるぜ」

くぐり戸のむこうで、心張り棒をはずす音がして、戸がわずかにあいた。

その瞬間、脇にいた捕方のひとりが引き戸に手をかけて強引にあけ放ち、もうひとりが脇から踏み込んだ。

「な、何をしやがる！」

戸口にいた男が叫んだ。三十がらみの、遊び人ふうの男である。

踏み込んだ捕方がその男の胸倉をつかみ、つづいて侵入したもうひとりの捕方が男の腰のあたりにしがみつき、足をかけて男を土間に押し倒した。

「て、手入れだ！」

押さえられた男が、身をよじりながら叫んだ。

二

「踏み込め！」

倉持が声を張り上げた。

その声で、捕方たちがどっと店内に雪崩《なだれ》込んだ。倉持につづいて、玄次、又八、最後に安兵衛が店のなかに入った。

店内に押し入った捕方たちが大戸をあけたので、早朝の淡いひかりが店内をぼんやりと明らめていた。

店の土間に古着が吊してあった。広い割に古着の数はすくない。古着屋は見せかけで、商売などする気はなかったのだろう。

土間の先の畳敷きの間に帳場格子や帳場机が置いてあった。そこが売り場と帳場を兼ねた座敷らしい。その座敷の脇が狭い板敷きの間になっていて、さらに廊下が奥へつづいている。

座敷の奥で、男の怒号や障子をあける音、床を踏む音などが起こった。久蔵と手下たちが、侵入者に気付いて起き出したようだ。

すぐに、慌ただしく廊下を駆ける音がし、数人の男が帳場に姿をあらわした。いずれも剽悍《ひょうかん》そうな顔をした遊び人ふうの男たちである。

その男たちの背後に、大柄で赤ら顔の男がいた。久蔵らしい。おだやかそうな顔をした五十がらみの男である。ただ、細い切れ長の目には、刺すようなひかりが宿っていた。

望月の姿はなかった。おそらく、奥の座敷にいるのであろう。

久蔵が腰をかがめながら、男たちの前へ出てきた。棒縞《ぼうじま》の袷《あわせ》の上に唐桟《とうざん》の羽織をかけていた。古着屋の主人には似合わない上物の羽織である。慌てて着替えたらしく、襟元が乱れている。

「これは、八丁堀の旦那、朝早くから何の騒ぎでございましょう」

久蔵が愛想笑いを浮かべて訊いた。温和な顔付きである。

「おめえに訊きてえことがあってな。いっしょに、大番屋まで来てくんな」

倉持が語気を強めて言った。

「ご無体な。てまえは見たとおり、古着屋をやっております。お上のお世話になるようなことはいたしておりません」

久蔵の顔から笑みが消えたが、物言いはやわらかかった。

「久蔵、亀次郎がしゃべっちまったぜ。それに、いまごろ水谷町の賭場へも捕方が踏み込んでるはずだ」

亀次郎は、倉持の手で南茅場町の大番屋の仮牢に入れられていたのだ。

「な、なに！」

久蔵の顔付きが豹変した。細い目がカッと見開かれ、唇がめくれるようにひらいて黄ばんだ歯が覗《のぞ》いた。温和そうな表情が拭《ぬぐ》い取ったように消え、獰猛な獣の顔が剝《む》き出しになったように見えた。正体をあらわしたようである。

「久蔵、神妙に縛に就けい！」

倉持が声を上げ、十手を振った。

その声で、土間にいた捕方たちが、御用！　御用！　と叫びながら、いっせいに久蔵の手下たちに十手や六尺棒などをむけた。

「望月の旦那、来てくれ！」

久蔵が叫び、奥へ逃れようとした。

何人かの手下が久蔵の前へ立ちふさがり、血走った目で捕方たちを睨《にら》みながら匕首《あいくち》を抜いた。ただ、手下のなかには蒼ざめた顔で奥へ逃げようとする者もいた。

「ひとりも逃すな、捕れ！」

倉持が叱咤《しった》するような声を上げると、捕方が帳場へ上がり、六尺棒や十手で手下たちに襲いかかった。

店内は騒然となった。怒号や悲鳴が飛び交い、吊された古着がたたき落とされ、捕具の触れ合う音や肌を打つ音などがひびいた。

奥へ逃れようとした久蔵にも、六尺棒と袖搦を持った捕方が襲いかかった。

そのときだった。捕方のひとりが、ギャッ、という絶叫を上げてのけ反った。見ると、久蔵のそばに牢人体の男が立っている。痩身で総髪。のっぺりした顔には生気がなく、死人のように見えた。

望月十三郎である。望月は口元にうす嗤《わら》いを浮かべ、ゆっくりとした動作で久蔵の前にまわり込んできた。多くの人を斬ってきた陰湿で残忍な雰囲気が身辺にただよっている。

「死神だ！」

久蔵に迫ろうとしていた捕方のひとりが、悲鳴のような声を上げて後じさった。他の捕方たちの間にも動揺がはしった。望月の死神を思わせるような異様な雰囲気に怖じ気づいたようだ。

「出やがった。長岡さん、頼むぜ」

倉持が安兵衛に声をかけた。

「分かってるよ」

安兵衛はずかずかと望月に近付いて行った。望月の周囲にいた捕方たちが慌てて後じさって場をあけた。

この間に、久蔵は廊下を奥へ走った。裏手から逃げるつもりのようだ。だが、裏手からも、御用！　御用！　という捕方の声が聞こえてきた。裏手にまわった一隊が家のなかに踏み込んだらしい。

「おぬしか」

望月が安兵衛を見すえながら言った。表情のない顔だが、双眸《そうぼう》には切っ先のような鋭いひかりが宿っている。

「望月十三郎。決着をつけようぞ」

安兵衛は望月と対峙した。

「いいところへ来たな。おぬしを斬りたがって、こいつが疼《うず》いてな」

望月が右の側頭部に手を当てた。総髪が長く垂れて覆いかぶさっていたが、安兵衛に斬られた耳の痕《あと》に手を当てたようである。

望月は安兵衛を見すえたままゆっくりとした動きで、土間へ下りてきた。刀をふるうには、帳場は狭過ぎると思ったようだ。

安兵衛も望月と同じ間合を取ったまま、土間へ下りた。土間にいた捕方たちが慌てて敷居の外や帳場へ走り、その場をあけた。

吊してあった古着のほとんどはたたき落とされ、土間には刀をふるうだけの間があったが、それでも狭い。

相対したふたりの間合は二間の余しかなかった。

三

「行くぜ！　死神」

安兵衛が抜刀した。

柄を握った右手に、フーと息を吹きかけた。強敵と立ち合うときのいつもの癖で、戦闘準備ともいえた。

安兵衛の双眸が猛虎のようにひかっていた。おっとりした馬面が、剣客らしい凄みのある顔に変わっている。

「極楽とんぼを、地獄に送ってやるぜ」

望月は手にした刀身を下段に下げた。構えというより、だらりと刀身を下げているだけのように見えた。気勢も殺気も感じられなかった。

安兵衛は腰を低くして、刀身を肩に担ぐように構えた。八相だが、全身が低く沈んでいるように見える。

場の狭さを見て取った安兵衛は、低い体勢から袈裟に斬り込もうとしたのである。しかも、切っ先を背後にむけているので、望月の目には刀身が見えないはずだ。この構えには、相手に間合を読ませない利もある。

場やそのときの状況に応じて、構えや刀法を自在に変える。それが、安兵衛の喧嘩剣法であった。

対する望月は切っ先を足元に落としたまま、ぬらりと立っていた。覇気がなく死人のように見えるが、全身から放つ殺気が感じられた。気を鎮めて、安兵衛の斬撃の起こりをとらえようとしているのであろう。

安兵衛は足裏を擦るようにして、ジリジリと間合をせばめていった。望月は身動《みじろ》ぎもしない。ふたりの間の緊張が高まり、時のとまったような静寂がふたりをつつんでいる。

安兵衛が斬撃の間境に踏み込んだ瞬間、フッ、と左の肩先が下がり、鋭い剣気が疾《はし》った。

刹那、安兵衛の体が跳ね、八相に構えた刀身が稲妻のような閃光を放った。

間髪を入れず、望月の体も躍動した。

ふたりは同時に刃唸りの音を聞き、眼前で甲高い金属音とともに青火が散るのを見た。

ふたりの刀身が、はじき合ったのである。

次の瞬間、ふたりは背後に跳びざま、二の太刀をふるった。

安兵衛は手元に突き込むような籠手《こて》を放ち、対する望月は胴を払った。

望月の右手の甲から血がほとばしり出ていた。一方、安兵衛は着物の右の脇腹を裂かれ、肌に血の色が浮いた。

ふたりは間合を取って、ふたたび向き合った。

「やるじゃァねえか」

安兵衛の顔が紅潮し、双眸が炯々《けいけい》とひかっている。

いきなり、安兵衛は左手で脇腹を拭うと、血の付いた指先をぺろりと舐《な》め、ペッと唾を吐き捨てた。そうやって傷の深さを見たのだ。幸い浅手だった。薄く皮肉を裂かれただけである。

「互角か」

望月がくぐもった声で言った。

右手の甲からタラタラと血が流れ落ちている。

「次は、その腕をたたっ斬ってやるぜ」

安兵衛は低い八相に構えた。

すぐに、望月も刀身を下げて下段に構えた。

つ、つ、と安兵衛が間合をつめていく。全身に気勢が満ち、安兵衛の顔が朱を掃いたように染まってくる。

ヤアッ！

ふいに、安兵衛が短い気合を発し、するどい寄り身で斬撃の間境に踏み込むや否や仕掛けた。

八相から袈裟へ。たたきつけるような斬撃だった。

オオッ、と気合を発し、望月が下段から刀身を撥ね上げ、安兵衛の斬撃をはじいた。

次の瞬間、安兵衛ははじかれた刀身を返しざま真っ向へ斬り込んだ。

すかさず、望月は安兵衛の真っ向への斬撃を受けようと、刀身を振り上げた。

が、安兵衛の切っ先は、真っ向ではなく望月の右手へ伸びた。真っ向へ斬り込むと見せて、振り上げた望月の籠手を襲ったのだ。望月の反応を読んだ一瞬の籠手斬りである。

骨肉を截断する重い手応えがあり、望月の前腕が刀を握ったまま土間に落ちた。

グワッ、と望月の口から喉のつまったような呻《うめ》き声が洩《も》れ、截断された腕から血が赤い帯のように流れ出た。

よろっ、と望月がよろめいた。

間髪を入れず、望月に身を寄せた安兵衛は、さらに斬撃をあびせた。

横に払った斬撃が望月の首根をとらえた。

望月の首がかしぎ、首根から驟雨《しゅうう》のように血飛沫《しぶき》が飛んだ。望月は血を撒《ま》き散らしながらよろめき、足がとまると腰から沈み込むように倒れた。

悲鳴も呻き声も聞こえなかった。薄暗い土間に横たわった望月は、四肢を痙攣《けいれん》させていたが、いっとき経つと動かなくなった。絶命したようである。

「旦那ァ!」

又八が駆け寄ってきた。

「死神を、地獄へ送ってやったぜ」

安兵衛は、返り血をあびた顎《あご》のあたりを手の甲でこすりながら言った。真剣勝負の興奮がいくぶん収まってきたようである。

「久蔵をお縄にしやした」

又八が目をひからせて言った。

「そうか」

見ると、帳場に後ろ手に縛られた久蔵の姿があった。背後に倉持が立ち、その周囲に数人の捕方が集まっていた。おそらく、裏手から侵入した捕方が久蔵を捕縛したにちがいない。他にも何人か、後ろ手に縛られた男の姿があった。久蔵の手下たちである。

「片が付いたようだな」

安兵衛は倒れている望月の袖口で刀身の血糊を拭って納刀すると、戸口の方へ歩きだした。

「旦那、どこへ行くんで」

又八が追って来た。

「笹川に帰《けえ》って、一杯やるのよ」

これ以上、この場にとどまる必要はなかったのだ。

戸口を出ると、朝の陽光が満ちていた。店先からすこし離れた通りに、人だかりができている。近所の者や通りすがりの野次馬らしい。

「又八、いい日和《ひより》だぞ」

安兵衛が空を見上げて声を上げた。

四

「旦那、玄次親分は、なかにいるようですぜ」

又八が安兵衛を振り返ってニヤリとした。

安兵衛たちが丸木屋に踏み込んで久蔵たちを捕らえ、望月を斬ってから十日ほど経っていた。

この日、ぼてふりの仕事を終えた又八が笹川に顔を出し、

「極楽の旦那、玄次親分が所帯を持ったのを知ってやすかい」

と、安兵衛に身を寄せて訊いた。

「そうらしいな」

安兵衛は気のない返事をしたが、又八が、

「これから行って、おかみさんの顔を拝んできやしょうよ」

と言いだし、安兵衛を布団部屋から引っ張り出したのだ。

安兵衛と又八が、玄次の住む浅草三好町の徳兵衛店に着いたのは、七ツ（午後四時）ごろだった。玄次が蝶々売りから帰るころを見計らって来たのである。

「へッへへ、おかみさんもいるようですぜ」

又八が、口元に卑猥な笑いを浮かべて小声で言った。

安兵衛は戸口で、玄次、いるか、と声をかけてから、腰高障子をあけた。玄次は座敷で

胡座《あぐら》をかき、莨盆《たばこぼん》を前にして莨を吸っていた。

土間の隅の流し場で、ほっそりした女が洗い物をしていた。安兵衛と又八が戸口に立ったのを見ると、女は一瞬、戸惑うような顔をしたが、玄次が、長岡の旦那、入ってくれ、そう言って腰を上げるのを見て、ぎこちない笑みを浮かべて頭を下げた。玄次から安兵衛のことを聞いていたのかもしれない。

色白の年増である。面長で鼻筋がとおり、形のいいちいさな唇をしていた。すこしやつれているように見えたが、胸のふくらみや腰まわりには女らしいやわらかな起伏があり、成熟した女の色香があった。

玄次は、又八と安兵衛が土間につっ立ったままお島に目をやっているのを見ると、

「祝言は挙げてねえが、あっしの女房で、お島といいやす」

と、照れたように笑いながら言った。

「お島さんか、よろしくな。おれは長岡安兵衛。笹川の居候だ。玄次とは昵懇《じっこん》でな。こうして気軽に行き来する仲だ」

安兵衛が早口に言うと、

「あっしは、又八、玄次親分の手先みてえなもんで。おかみさんには、これからもお世話

になりやす」

又八が、もっともらしい顔をして頭を下げた。

お島はふたりを前にし、戸惑うように視線を揺らしていたが、

「お島ともうします。これからも、いろいろお世話になります」

と、消え入りそうな声で言った。顔が赤くなっている。

お島の困惑した様子を見た玄次が、お島、すまねえが、茶を淹《い》れてくれ、と言って助け船を出した。

お島は、はい、と返事し、すぐに座敷に上がり、部屋の隅にある火鉢のそばに屈んだ。鉄瓶の湯で茶を淹れてくれるようだ。

「ところで、玄次、その後、久蔵たちはどうなった」

安兵衛が視線を玄次にむけて訊いた。いつまでも、お島を眺めているわけにはいかなかったのである。

安兵衛たちが丸木屋に踏み込んだ日、水谷町の賭場にむかった先崎隊は万蔵以下五人の手下を捕らえていた。倉持隊と合わせて町方が捕縛したのは、繁田屋久蔵、万蔵、それに手下が都合八人だった。

「与野屋と喜桜閣の件は、洗い浚《ざら》い吐きやしたぜ」

玄次によると、先に捕らえられていた亀次郎が口を割っていたこともあり、当初しらを切っていた久蔵も、犯行にかかわったすべてを白状したという。

ただ、鳴瀬家のことは町方もあえて追及しなかったし、久蔵と亀次郎も口にしなかったという。ふたりにすれば、すこしでも罪を軽くしたいという気持があったのであろう。

「ですが、ふたりとも獄門晒首《さらしくび》てえことになりやしょうね。なにせ、大金を強請《ゆす》ってるし、人殺しもしてやすからね」

玄次が言い添えた。

「まァ、仕方ないな」

安兵衛も久蔵と亀次郎の極刑はまぬがれられないだろうと思った。

「ところで、旦那、吉之助はどうしやした」

玄次が訊いた。

「吉之助か。草加《そうか》の在の名主の家で、二十歳になるまで暮らすことになったらしいな」

安兵衛は丸木屋に踏み込んだ後、鳴瀬家からの知らせがあり、青木又四郎と喜久屋でふたたび会ったのだ。

青木は安兵衛の手で事件が解決したことを知っていて、礼を述べた上で、

「鳴瀬さまは、吉之助さまの面倒を十分に見てこなかったことが、此度《こたび》の件につながったと後悔され、今後吉之助に対してできるだけのことはしたい、と申されておりました」

と切り出し、しんみりした口調で話した。

久蔵たちに殺された鳴瀬家の用人の竹本次左衛門の妻女が、草加の在の名主の娘だったこともあり、吉之助が二十歳になるまでそこで預かってもらうことにしたそうだ。

鳴瀬には、ほとぼりが冷めるまで吉之助を江戸から離しておきたい思いと、その後、吉之助に竹本家を継がせた上で、鳴瀬の力で御家人株を手に入れて幕臣にさせたい思いがあるのだという。

「それはよかった」

率直に、安兵衛はそう思った。吉之助が町人としてひとりで生きていくのは、むずかしい気がしていたのだ。

安兵衛から吉之助のその後のことを聞いた玄次は、ほっとした表情を浮かべた。玄次も若い吉之助のことが気になっていたらしい。

そんな話をしていると、お島が茶を淹れてくれた。熱い茶は、うまかった。又八も、湯

飲みを手にしたまま顔をくずし、

「玄次親分のおかみさんが淹れてくれたと思うと、もったいなくて茶も喉を通らねえや」

と、おどけた調子で言った。

「そ、そんな……」

お島は顔を赤くしてそう言うと、流し場の前に身を寄せて男たちに背をむけた。恥ずかしかったらしい。

安兵衛は茶を飲み終えると、

「さて、退散するか」

と言って、そそくさと腰を上げた。狭い長屋のなかで安兵衛と又八の目に晒され、居場所もなく身を硬くしているお島がかわいそうだと思ったのだ。それに、安兵衛は茶より酒の方がいいのである。

安兵衛は戸口まで送ってきた玄次に、

「お島さんと、どこで知り合ったのだ」

と、小声で訊いた。

「浅草寺の境内で、蝶々売りをしているときでさァ」

玄次は前からお島のことを知っていたが、そのことは口にしなかった。

「蝶々が、花を見つけて舞い下りたってわけか」

そう言って、安兵衛がニヤリと笑った。

「花なんてもんじゃァありませんや。見たとおりのばけべそで」

玄次が照れたような顔をして言った。

「玄次、花の次は実だぞ。奮闘して、早く実を作らねばな」

安兵衛が玄次の耳元でささやいた。

一瞬、玄次は安兵衛の顔を見てから、顔を赤くした。安兵衛は、実を作る邪魔しちゃァ悪いからな、と言って、又八の肩をたたき、

「又八、今夜はふたりで一杯やろう」

と言って、歩き出した。

又八が、へい、と答えて慌てた様子で安兵衛の後を追ってきた。


（この作品は徳間文庫のために書下されました）

徳間文庫

極楽安兵衛剣酔記
蝶々《ちょうちょう》の玄次《げんじ》

2007年12月15日 初刷

著者 鳥《と》羽《ば》亮《りょう》
発行者 松《まつ》下《した》武《たけ》義《よし》
発行所 〒105-8055 東京都港区芝大門二―二―二
株式会社 徳間書店
電話 編集〇三(五四〇三)四三五〇
販売〇四八(四五一)五九六〇
振替 〇〇一四〇―〇―四四三九二
印刷
製本 図書印刷株式会社

〈編集担当 永田勝久〉

ISBN978-4-19-892708-0 (乱丁、落丁本はお取りかえいたします)